ラストナイト

薬丸 岳

角川文庫
21756

目次

プロローグ

ドアを開けて部屋に入ると、初老の男がここでの最後の食事をとっている。

男が箸を持った手を止め、こちらに顔を向けた。

「一七五二番——そろそろ時間だぞ」

かれこれ五年の付き合いになるが、未だにこの顔を直視することに慣れない。

男の顔には豹柄模様の刺青がびっしりと彫られている。

こうやって見つめられていると、自分が動物園の飼育員にでもなったみたいな錯覚を抱きそうになる。

もっとも、ここも動物園とそう変わりはないかもしれない。人を殺し、傷つけることに、何の躊躇も抱かない獣のような連中であふれかえっている。

だが、この男はそういう輩とはちがった。物騒な容貌とは裏腹に、実に思慮深く物静かな男だ。五年の服役の間に問題を起こしたことは一度もない。片手が不自由であるにもかかわらず刑務作業にも真面目に取り組んでいた。

若気の至りで入れたのかもしれないが、顔の刺青さえなければ、社会に出てもごく普通の生活を送れそうな人間に思えた。

だが今年五十九歳になるこの男は人生の半分以上を刑務所で過ごしている。二十七歳のときに初めて刑務所に入ってから四度の服役を繰り返してきたのだ。

男は食器を片づけると、ベッドの脇に置いた鞄に近づいた。右手だけで器用に囚人服を脱ぎ、鞄の中に入れていた私服に着替える。

部屋から男が出ると一緒に通用口に向かった。いくつか錠を開けながら進み、最後の鉄扉を開けて男を外に促す。

鉄扉をくぐると、男がこちらに顔を向けた。

「今までお世話になりました」男が殊勝そうに頭を下げる。

「もう戻ってくるなよ」

鉄扉の内側から声をかけたが、男はすぐに言葉を返さない。

「いい年なんだから、生活保護でも受けてシャバで穏やかに過ごせよ」

そう言うと、男の顔の刺青が歪んだ。笑ったようだ。

「刑務官のおっしゃるとおり、一日も早く心が穏やかになれるようがんばります」男はそう言うと一礼してこちらに背を向けた。

遠ざかっていく男の背中を見つめながら、今度こそは平穏な日々を、と願った。

第一章　菊池正弘

何か注文されたようだが、聞き取れなかった。

「すみません。もう一度いいですか」

菊池正弘は店の入り口側のカウンターに座る三人組に近づきながら訊いた。

「生ビールをもう一杯」

真ん中に座っていた眼鏡をかけた男性客が赤ら顔で空のジョッキをかかげる。

「はい。今すぐ」

菊池は冷蔵庫からジョッキを取り出すとサーバーでビールを注いだ。カウンターの中から店内を見回す。八席のカウンターとふたつのテーブル席の八割がたが埋まり、すぐ目の前の客のオーダーも聞きとりづらいほど賑わっていた。

ちらっと横を見ると、茂が焦った手つきでフライパンを振っている。ニラ玉を皿に盛り、あんをかけてそのままカウンターの客に出そうとした茂を呼び止めた。

菊池はジョッキを客に渡し、茂に近づいて持っている皿に視線を走らせる。

「見た目が悪い」

キッチンペーパーを手に取って茂から皿を受け取ると、縁に飛び散っているあんを拭ってから店の奥側のカウンターの端に座る荒木のもとに向かった。

「荒木さん、お待たせしました」

目の前に皿を差し出すと、荒木が読んでいた本を閉じて、ニラ玉を箸でつまんだ。ジョッキのビールを飲みながら半分ほど食べ、柔和な顔を上げた。

「だいぶ大将の味つけに近づいてきましたね」

「そうですか？」

「後継者ができて大将も一安心でしょう」

荒木の言葉を、菊池は苦笑で返した。

今日は珍しく混んでいるが、この程度であたふたしているようでは先が思いやられる。

「まだまだですよ」

荒木は二年ほど前からひいきにしてくれている常連客だ。いつも本を読みながらひとり静かに晩酌をしている。落ち着いた佇まいから最初に店に来たときには年上だと思っていたが、自分よりも五つ若い五十五歳とのことだった。

「いらっしゃいませ――」

茂の声に、菊池は店の入り口に目をやった。

「いらっしゃいませ……」

入ってきた客の姿に、菊池は声を詰まらせた。

オレンジ色のシャツの上に革のジャケットを羽織り、よれよれのジーンズを穿いた男がこちらに近づいてくる。

片桐達夫――。

それまでの騒がしさが嘘のように店内がさっと静まり返ったことから、客も片桐に目を留めたのだろう。

片桐はそんなまわりの反応など気にする様子もなく、菊池の前まで来て立ち止まった。

「これ、土産」

右手に持っていた小さな紙袋を差し出した片桐は、背負っているリュックを右手だけで降ろした。リュックを足もとに投げ、空いていた荒木の隣の席に座る。

菊池は紙袋の中に入っている箱を取り出した。宮城土産の菓子だ。今回は宮城でおつとめしていたというわけか。

「とりあえず生ビール」

片桐に言われ、菊池は冷蔵庫からジョッキを取り出した。顔をこわばらせて突っ立っている茂にジョッキを手渡す。

片桐はじっと荒木のほうを見つめている。荒木は目を合わせたくないのか、片桐から背を向けるような恰好で後方の壁の上部に備えつけてあるテレビを観ていた。

自分はもう慣れているが、あんな顔では戸惑ってしまうだろう。

茂が菊池にジョッキを渡して次の料理に取りかかった。

「ひさしぶりだな」

ジョッキとお通しを置きながら声をかけると、片桐がようやく荒木から菊池のほうに顔を向けた。

慣れたつもりでいても、直視すると鼓動が速くなる。片桐の顔は一面に豹柄模様の刺青で覆われている。

こうやって対面していると、動物園の檻の中に入り込んでしまって獣に睨みつけられているような気分になる。

片桐はビールを一気に半分ほど飲むと、こちらを見つめて口を開いた。

「煙草がほしいな」

「うちには置いてない。五軒隣に自販機があるからそこで買ってくれ」

片桐が顔の刺青を歪ませた。しかたなさそうに片桐が立ち上がるのを見て、菊池は後ろに置いてあるレジスターからカードを手に取った。

「タスポがないと買えないから」

「なんだよ、それ」片桐が首をひねる。

「このカードを自販機にかざさないと煙草が買えない。前回来たときに説明しただろう」

片桐が最後にここにやってきたのはたしか五年前だ。そのときすでにタスポは導入されていた。

「そうだったっけ。塀の中にいるとシャバで覚えたことなんてすぐ忘れちまうから」片桐が大声で言う。

まったく勘弁してほしいと、舌打ちしたい衝動をこらえる。

カードを受け取り片桐が店を出ていくと、束の間の静寂がひそひそ声で満たされた。あたりを見回すとすべての客が菊池のことを見ている。

「ごちそうさま。お勘定をよろしく」

その声に、菊池は目を向けた。荒木が本を鞄にしまい財布を取り出している。会計をすると荒木はそそくさと席を立ち、店の出口に向かった。

「ありがとうございます。気をつけてお帰りください」

出ていく荒木を見送ると、ジョッキと皿を片づけた。ビールも料理も残したままだ。

しばらくすると引き戸が開いて片桐が戻ってきた。

「さっきの客は帰ったのか？」

菊池が頷くと、片桐は先ほどまで荒木がいた席に座った。ビールをひと口飲んでから、右手だけで煙草のパッケージをはがし、一本口にくわえる。

菊池は灰皿と、『菊屋』という店名が入ったマッチを片桐の前に差し出した。

「火つけるか？」

菊池は訊いたが、片桐は首を横に振り、マッチの箱をつかんだ。右手の指を器用に動かしてマッチを一本つまむと、手のひらで箱を押さえながらこする。だが、うまくつかない。三度同じ動作を繰り返しようやく火がつくと煙草に移した。

「やっぱりこの席が一番落ち着くな」うまそうに煙を吐き出して言うと、片桐が煙草を灰皿に置いた。

「いつ出てきたんだ」

「今日。ここに来るまで何も食べてないから腹が減ってる。菊ちゃん、生ビールをもう一杯と焼きそばを頼む」

片桐はここに来るといつも焼きそばを注文する。それだけは昔と変わらない。幸せだった頃も、こんなふうになってしまってからも。

「焼きそば一丁——」

菊池が注文を通すと、「焼きそば、ありがとうございます」と茂が顔を上げることなく答えた。

「美津代(みつよ)さんは?」片桐が茂からこちらに視線を移して訊く。

「死んだよ」

菊池が言うと、片桐が驚いたように目を見開いた。

「いつ……」

「四年前。乳がんだ」

「そうか……それで新しい従業員を雇ったのか」

「従業員というのかな……」菊池は曖昧(あいまい)に頷(うなず)いた。

三十五年前に開店してからずっと夫婦ふたりで切り盛りしていたが、美津代が亡くなってからはひとりで店をやっていた。従業員を雇うほど忙しいわけではないし、客のほとんどは常連でこちらの都合もある程度理解してくれるので問題はなかった。

「義理の息子だ」

菊池が言うと、「息子？」と片桐が眉をひそめる。

「三年前に奈津子が結婚した」

茂はもともとエスイーとかいうコンピューター関係の仕事をしていたが、一年前に勤めていた会社が倒産してしまった。ずいぶん転職活動をしたようだがなかなかいい仕事が見つからず、ちょうど子供が生まれたばかりということもあってか、夫婦関係がぎくしゃくしているのではないかと菊池は不安を抱いていた。

ここで働いて店を継いだらどうだと冗談半分に提案すると、意外なことに奈津子も茂も乗り気になった。今はまだ子供が小さいので奈津子が働くのは難しいが、いずれは娘夫婦に店を任せるつもりでいる。

片桐は黙って話を聞いていた。刺青の奥の表情に一抹の寂しさが滲んでいるように感じる。ここは片桐にとって思い出の場所であろうが、菊池や美津代がいなくなってしまえば来づらくなると考えているのか。

「まるで浦島太郎にでもなったみたいだ」片桐が呟くように言った。

「大将、お勘定――」

テーブル席の客から声をかけられ、菊池は片桐から離れた。カウンター席からも次々に会計の声が上がる。茂と手分けして会計を済ませる。

「ありがとうございます。またお越しください」

　菊池は暗い気持ちで最後の客を見送ると、テーブルの食器を片づけ始めた。ちらっと片桐のほうを窺う。

　自分がやってきたとたんすべての客が帰っても、まったく気にする様子もない。

テーブルとカウンターの食器を流しに運ぶと片桐のほうに向かった。

「これからどうするんだ」

片桐以外の客がいなくなったこともあり、菊池は核心をついた。

「まあなあ、とりあえずシャバの空気を楽しむさ」

「働く気はないのか」

　菊池が言うと、片桐がずっとポケットに入れていた左手を出して「このナリで?」と笑った。

　塩化ビニールでできた左手を目にして、菊池は何も言葉を返せなくなった。

「お、おまたせしました……」

　おずおずとした声とともに、茂が片桐の前に焼きそばを置いた。卵でとじた特製の焼きそばだ。茂の手が小刻みに震えている。

「おまえが奈津子ちゃんの旦那か」

　片桐に見据えられ、茂は顔をひきつらせているが、少しの間の後頷いた。

「茂です。よろしくお願いします……」

「奈津子ちゃんはある意味おれの子供みたいなもんだ。赤ん坊のときにおむつを取り替えてやったこともあった。なあ？」

同意を求められ、菊池はしかたなく頷いた。

自分の子供みたいなものというのはまったくの見当違いだと思うが、たしかに片桐は奈津子のおむつを取り替えたことがあるそうだ。

奈津子が生まれてすぐ、片桐の妻だった陽子（ようこ）も妊娠した。

子供が生まれたときのためにおむつの取り替えかたを教えてほしいと頼まれたと、美津代から聞いたことがある。

「大事にしねえとぶっ殺すからな」片桐がそう言って焼きそばを食べ始める。

茂は直立不動でその様子を見ていたが、片桐が箸（はし）を止めて顔を上げるとびくっと身を引いた。

「まだまだだな。ちょくちょく寄らせてもらうからもうちょっと勉強しておけよ」片桐は箸を置くとジョッキに右手を伸ばした。

インターフォンのベルの音が聞こえ、歯を磨いていた菊池は口をゆすいで洗面所を出た。インターフォンの受話器を取ると、「わたし」と奈津子の声が聞こえる。

菊池は少し浮き立ちながら玄関に行きドアを開けた。目の前にしかめ面をした奈津子が立っているが、孫の春花（はるか）はいない。

「春花は？」菊池は訊いた。

「保育園に預けてる」

その言葉に少しがっかりする。初孫にはすっかり骨抜きにされている自覚があった。

「どうした」

「ちょっと話があるの。上がるね」

奈津子は靴を脱いで玄関を上がると、まっすぐ台所に向かった。

「話って何だ？」

奈津子の険しい表情が気になり、後ろから問いかけた。

「とりあえずお茶を淹れるから座ってて」

奈津子に言われ、菊池はダイニングテーブルの椅子に座った。ポットで湯を沸かして茶の準備をする奈津子の背中を見つめる。奈津子は三つの茶碗に茶を注ぐと、ひとつは仏壇の美津代の遺影の前に置き、残りふたつをテーブルに運んで菊池の向かいに座った。

菊池は茶をすすりながら奈津子の様子を窺った。奈津子は茶碗を手にしたまま、少し顔を伏せている。

「いったいどうしたんだ。茂くんと何かあったのか？」

菊池が問いかけると、奈津子が顔を上げた。

「そうじゃない。昨日、店に変なお客さんが来たって茂さんから聞いて」

そのことかと、菊池は納得した。

ない。


「片桐って人でしょ」奈津子が眉根を寄せながら訊いた。

赤ん坊の頃はよく片桐にあやしてもらったが、大人になってからは一度しか会っていないはずだ。

大学生の頃に店の手伝いをしてくれていたとき、やって来た片桐が奈津子に気づき、しつこく話しかけたことがある。だが、奈津子のほうは片桐に対して恐怖しか感じなかったようだ。その日を境に奈津子は店の手伝いをやめてしまった。

「ああ」

菊池が頷くと、奈津子の眉間のしわがさらに増えた。

「お父さん、いいの?」奈津子が射すくめるような眼差しで見つめてくる。

「いいのって、何が?」

「店に来させてよ」

「いいも悪いも、客だからな」

無銭飲食するわけでも、客や従業員に乱暴を働くわけでもない。

「でも……昨日あの人が来たらお客さんがいなくなっちゃったって」

たしかにそうだ。片桐がやって来て二十分としない間に、荒木だけではなく他の客もすべて帰っていった。ひさしぶりに盛況だったので店としては大きな打撃だ。

「一応、昔は大切な友人だったって、お母さんから聞いたことがある。だから出禁にしづらいのはわからないでもないけど……でも、もうお父さんだけの店じゃないんだよ」

「ちょっとばかりの辛抱だ」

せっかく出所しても、だいたい二週間と経たずにまた捕まってしまう。

「そういう問題じゃないよ。お父さんが隠居したら、わたしたちが相手することになるんだよ。刑務所から出てくるたびにやってきて、すぐに罪を犯して警察に捕まる。今のうちに……多少なりとも親しいお父さんの口からきちんと言ってもらわないと」

菊池は何も言えないまま茶碗を口に運んだ。

「もし、わたしたちが出禁にしたら逆上して何をされるかわからないじゃない。あの人、お店で人を刺して捕まったこともあるんでしょう」

その言葉に弾かれて、菊池は茶碗を口から離した。眉をひそめて奈津子を見つめる。

「近所の人から聞いたことがある」

「あいつがおまえたちに危害を加えるとは思えない。あのときは美津代をかばって事件になってしまったんだ」

店で起こした傷害事件だけはそれなりの理由があってしたことだ。

「そうだとしても、その次には誘拐事件を起こしたそうじゃない。春花だって成長したら学校帰りに店に寄ることだってあるでしょう。もし、春花が誘拐でもされたらどうするの？」

さすがにその件については言い返すことができない。三十二年前に、片桐は最初の身代金目的の誘拐事件を起こしている。

「とにかく……お父さんがあの人ときちんと訣別してくれなきゃ、わたしたちはお店を継げない。それを言いに来たの」

奈津子はそこまで言うと立ち上がった。母親の遺影を一瞥して台所から出ていく。しばらくすると玄関のドアが閉じられる音がした。

菊池は重い溜め息をつき、美津代の遺影に目を向けた。

どうすればいいんだろうな――。

奈津子の言うことはもっともだろう。自分にとっても、店にとっても、今の片桐は厄介な存在でしかない。だけど、自分に片桐との関係を絶つことなどできるだろうか。三十五年の付き合いのある友人を。

片桐と出会ったのは菊池が二十五歳のときだ。結婚したばかりの美津代と『菊屋』を開店して半月ほど経った頃のことだった。

片桐はふらりとひとりで店に現れた。一目見た感じで、自分たちと同世代だろうことを察した。

顔の刺青はまだなかったが、とっつきづらさを感じさせる客だった。開店したばかりで客が少なかったこともあり菊池と美津代はいろいろと話しかけたが、片桐はほとんど口を開かなかった。二時間ほどいる間にようやく、自分たちよりもひとつ年下だということと、近くのラーメン店でアルバイトをしていることだけ知れた。

最初の来店でこの店が気に入ったようには思えなかったが、片桐はそれから週に何度も足を運んでくるようになった。自分のことについてはあまり話さなかったが、菊池や美津代のことについてはいろいろと訊ねてきた。

　菊池は中学を卒業してすぐに日本橋にある老舗の料亭で働き始め、その店で美津代と出会い、付き合い始めた。付き合いが続いていくうちに自分たちで店をやりたいと思うようになり、ふたりで料亭を辞めて結婚した後、菊池の地元である赤羽に店を出した。

それらの話を聞いて、片桐はぽつりと「羨ましいな」と呟いた。

　徐々に片桐のことを知るようになったのは、店の常連客になった陽子の存在が大きかった。陽子は近くのクラブで働くホステスだ。取り立てて美人というわけではなかったが、屈託のない明るい女性で話し上手だった。やって来る時間帯が片桐とかぶっていたことから、いつの間にか仲良くなっていったようだ。後で知った話だが、片桐と陽子は同じ浜松の出身で、そこから会話が弾むようになったという。

　陽子の話によれば、片桐には身寄りがないという。詳しい事情まではわからなかったが、子供の頃から施設で育ってきたらしい。

　普段は明るい性格の陽子だが、酒が進むとどこか寂しさを滲ませることがあった。地元を離れてひとりで生きている陽子にも何らかの事情があったのかもしれない。

　いつの間にかふたりは付き合うようになり、陽子はホステスを辞め、片桐が働いているところとはちがうラーメン店でアルバイトを始めた。いずれふたりで店を出すときのためだと、陽子はうれしそうにその理由を話した。

お互いにアルバイトの身だから生活は苦しかっただろうが、店で過ごすふたりは仲睦まじかった。

あの頃のふたりはラーメン店を開業させるために切り詰めた生活を送っていたので、カウンターでひとつの焼きそばを一緒につつきながら、将来のことを楽しそうに語らっていた。

「ぶっきらぼうに見えるけど、あの人ああ見えてすごく優しいの。本当に優しすぎるぐらい」

片桐がトイレに入っている間に、陽子はよくそんなのろけ話をしていた。

陽子の明るさに触発されるように、片桐も次第に快活になっていき、店でも地元でも仲間が増えていった。店で片桐からのプロポーズを陽子が受けたときには、その場にいた全員からの熱い祝福を受けた。ふたりは照れくさそうに笑い、目を潤ませていた。

奈津子が生まれてしばらくして、片桐たちにもひかりという娘ができた。夫婦は節約のために赤羽から家賃の安い埼玉の浦和に移ったが、定期的にひかりを連れて店にやって来てくれた。

片桐はそれまでにも増して仕事に精を出した。ひかりの世話で働けない陽子に代わり、ラーメン店での仕事が休みのときも日雇いの肉体労働をして家族の生活を支えた。ひかりを生んで陽子はますます輝いて見えた。子育てに苦労することも多かっただろうが、明るさは健在で生き生きとしていた。

あの頃はみんな幸せだった。

そして片桐はいい夫であり、いい父親であり、いい仲間であったと思う。

あんなことさえなければ――。

その日、菊池は急な用事ができて数時間ほど美津代ひとりに店を任せることにした。用事を終えて店に戻ると、目の前に数台のパトカーが停まっていた。どういうことだろうとその場に立ちすくんでいると、店のドアが開き、ふたりの男に挟まれるようにして片桐が出てきた。片桐の両手には手錠がかけられていた。

美津代の話によると、片桐は店で喧嘩になった客をカウンターにあった包丁で刺してしまったという。だが、その原因を作ったのは客のほうだった。名前こそ忘れてしまったが、地元の飲食店では悪名高い男として通っていた。

その男は山科会という暴力団の下っ端だったらしく、飲食店の従業員にいろいろと難癖をつけ、二の腕に彫った刺青をちらつかせ恫喝して金品をたかっていた。過去に何度もトラブルを起こし逮捕歴もあると、菊池も耳にしたことがある。

数日前にその男はガラのよくない連中と『菊屋』に来ていた。そのときは何のトラブルもなかったが、店で食べたものがあたって一緒にいた仲間が寝込んでしまったと美津代に因縁をつけた。慰謝料を払えと男から脅されているところを片桐が割って入ったという。男たちが来店したときに片桐も家族とともに『菊屋』にいた。男たちが食べたものと同じものを注文したが自分たちはからだを壊していない、脅迫なんかやめろと片桐が言ったことから喧嘩になった。男が逆上してカウンターにあった包丁を手に取りそうになり、片桐が思わずそれを奪って相手を刺してしまったとのことだ。

幸いにも男の命に別状はなかったが、片桐は逮捕されてしばらく警察署に勾留されることになった。初犯であったことや相手にも原因があったことから片桐は刑務所に入らずに済んだが、この事件のせいでラーメン店をクビになり、さらに陽子と離婚することになってしまった。

陽子は子供を連れて実家に帰ったそうで、片桐はひとりになった。それから片桐は坂を転がるように転落していく。新しい仕事を探すこともなく一日中酒をあおり、やがてこのあたりの悪い連中とつるむようになった。

自分たちが原因で、あれだけ仲睦まじかった夫婦の絆を裂かせてしまったことに深い罪悪感を抱いた。日に日に荒んでいく片桐を心配して、菊池も美津代もいろいろと声をかけたが、まったく聞く耳を持たない。復縁できれば片桐も立ち直れるのではないかと思ったが、実家の手掛かりになるような話を陽子はしていなかったし、片桐も彼女のことについて語ろうとしなかった。

やがて片桐はぱったりと店に来なくなった。一ヵ月ほどしてひさしぶりに顔を出した片桐を見て、菊池と美津代は息を呑んだ。片桐の顔に禍々しい刺青が彫られていた。そしてその直後に誘拐事件を起こし、ふたたび逮捕されてしまったのだ。

どうしてそんなことをしたのかまったく理解できず、菊池は片桐の裁判を傍聴した。

検察官の冒頭陳述を聞くかぎり何ともお粗末な犯行だった。

片桐はレンタカーで車を借りると、帰宅途中の男子中学生を無理矢理その車に押し込み走り去った。男子を脅して自宅の番号を聞き、一千万円の身代金を要求する電話をかけた。両親はすぐに警察に通報した。だがそのときにはすでに男子が誘拐される現場を目撃していた人物から通報があり、レンタカーのナンバーなどから容疑者が特定されていた。

片桐は脅迫電話をかけた直後に男子を解放し逃げていたが、顔中に刺青を入れているというこれ以上ない特徴から、数時間後に逮捕された。男子は車に拉致されている間は手足を縛られていたものの、乱暴なことはいっさいされておらず、解放されたときには片桐から「ごめんな」と言われ、お菓子をもらったそうだ。

どう考えても犯罪として破綻している。そもそも金のために誘拐事件を起こしたのではないと感じた。自分のもとを去っていった陽子に対する当てつけか何かのつもりだったのだろうと。

片桐には懲役八年の実刑判決が下った。そして出所してからも罪を犯し続け、刑務所を出たり入ったりしている。

陽子が愛していた片桐はもういなかった。店のカウンターを目にするたび、彼女の笑顔を思い出してやり切れなくなった。片桐のことを心底信じていたはずなのに。

菊池はもう一度深い溜め息をつくと、膝に力をこめて椅子から立ち上がった。仏壇に近づき美津代の遺影を見つめる。美津代は死ぬ直前まで片桐のことを心配していた。

仏壇の引き出しを開けると中を漁り一枚の写真を手に取った。店で撮った片桐と陽子とひかりの写真だ。満面の笑みをこちらに向ける片桐のきれいな顔を見つめ、菊池はどうにもならない悔しさに唇を噛み締めた。


先ほどから店の前で背広姿の男性がうろうろしている。

「暖簾を出してきてくれ」

開店までまだ少し時間があったが、菊池は茂に命じた。

茂は焼き鳥の串を刺していた手を止めるとカウンターから出た。暖簾を持って店の外に出ると男性に何やら話しかけた。彼が店に入ってくる。

「いらっしゃいませ。おひとり様ですか？」

菊池が声をかけると、どこか不安げな青年が店内をきょろきょろ窺いながら頷いた。

三十歳前後に思える一見客だ。

「カウンターのお好きなところにどうぞ」

そう促すと、入り口側の一番端の席に座った。手に持っていたマッチをカウンターに置くのが見え、菊池は灰皿を持って男性のほうに向かった。

「ご注文はお決まりですか？」

灰皿を置きながら訊いたとき、マッチが目に入った。『菊屋』のマッチだ。

「とりあえず生ビールをお願いします」

菊池はビールを注いでお通しと一緒に男性の前に置いた。茂がカウンターの中に戻ってきて、店の奥側でふたたび焼き鳥の串刺(くしざ)しを始める。

「どなたかのご紹介ですか？」

菊池がマッチに目を向けながら訊くと、男性は「あ……いえ……まあ」と歯切れ悪く言ってジョッキに口をつけた。

あまり話しかけられるのが得意ではないのかと思い、少し離れて魚の仕込みを始めた。

「あの……」

しばらくすると声をかけられ、そちらに目を向ける。

「何になさいましょうか。ちなみに今日のお勧めは……」

「片桐さんというかたをご存じでしょうか」

遮るように言われ、菊池は口を閉ざした。

「このお店のお客さんに片桐さんというかたはいらっしゃいませんか」

意外な名前に呆気(あっけ)にとられながら男性を見つめた。

「お名前じゃわからないですかね。何て言えばいいんだろう……顔に特徴があるので一目見たらわかると思うんですけど」

「片桐達夫のことですか？」

菊池が言うと、男性が「そうです」と大きく頷く。

「片桐さんはこのお店によくいらっしゃるんですか」

男性に訊かれたが、どう答えていいのかわからない。

「そんなに頻繁には来ないですよ。立て続けに来ることもあれば、何年も来ないこともあります」

「片桐さんと至急連絡を取りたいんですけど、今どちらにいらっしゃるかわかりませんか」

片桐とどういう関係なのだろう。身なりから堅い仕事をしていそうで、片桐と何らかの接点があるようには思えない。

「いや、わからないですね」

「そうですか……」男性が落胆したように肩を落とした。

「片桐さんとはどういうご関係なんですか」

一応、『さん』とつけておいた。

「まあ……何と言えばいいか……ちょっとした知り合いです」

もしかして警察の関係者で、片桐の居場所を探しているのだろうか。

男性はそのまま押し黙ってしまったので、菊池はふたたび魚の仕込みを始めた。それでも気になってちらちらと彼の様子を窺う。何か思い悩んでいるようで、何度も溜め息をつきながらジョッキを見つめている。

「あの――」

ふたたび呼ばれ目を向けると、名刺を差し出された。

「実はぼく、こういう者なんですが……」

菊池は名刺を受け取って見た。『坂内法律事務所　弁護士　中村尚』とある。

「弁護士さん？」

頷いた中村を見つめながら片桐との関係を考えた。

「もしかして……片桐さんを担当した弁護士のかたですか？」

菊池が言うと、中村の表情が変わった。

「片桐さんの事件のこと、ご存じなんですね？」

「ええ」

「よかった。そうだったらもっと早くお話しすればよかった」

おそらく依頼人のプライバシーを考え、迂闊に自分の職業を言うべきではないと考えていたのだろう。

「もしかして、片桐さんがまた事件を起こしたんですか？」菊池は嫌な予感を抱きながら訊いた。

「いえ、そうじゃないんです。昨日、片桐さんとお会いして別れたんですが、ちょっと気になることがあって……」

「気になること？」

菊池が問いかけると、中村が少し表情を曇らせて頷いた。

「どんなことですか」

中村がうつむいた。話すべきかどうか迷っているようで、しばらく沈黙があった。

「片桐さんとはお客さんというだけの関係でしょうか」

答えるのが難しい質問だった。

「今はそうです。ただ知り合って三十五年になりますから……」

「そんなに」

「弁護士の先生だったらご存じでしょうけど、彼が初めて事件を起こしたのはここなんですよ」

菊池が言うと、中村が驚いたように店内を見回した。

「そうですか……それでも未だにお付き合いがある」

「まあ、そういう関係です。片桐のことで気になるというのはどんなことですか」

もう『さん』は必要ないだろう。

「昨日の昼過ぎ、片桐さんがぼくの働いている事務所を訪ねてきました。突然だったんですけど、手土産を持って。片桐さんは今まで何度も裁判を受けているけど、ぼくみたいな弁護士は今までいなかったとすごく感謝してくれて……ただ、その後の言葉がどうにも引っかかってしまって……」

「どんな言葉ですか」

「また何かあったらぼくにお願いしたいって言って帰っていったんです」

「それで？」

どこが気になるというのだ。

「また罪を犯すと言わんばかりじゃないですか」

「そうでしょう。それでどうせだったら親切な先生に頼みたいということじゃないですか」

「それじゃ困るんですよ！」

中村の叫び声に、菊池は気圧（けお）された。

「ぼくは少しでも早く片桐さんに社会復帰してもらうためにいろいろと手を尽くしました。片桐さんの話から情状酌量になる材料を探して、被害に遭ったかたがたに謝罪して回り、片桐さんから反省の言葉を引き出して、二度とこのようなことはしないと誓ってもらいました。それなのにふたたび罪を犯されたら、ぼくがやってきたことはいったい何だったっていうんですか。片桐さんの人生はまだやり直せるはずなのに」

ずいぶんとまっすぐな弁護士のようだ。片桐が反省の言葉を述べ、二度と罪を犯さないと誓うのは、それで少しでも刑期を少なくしたいという思惑からだろう。

「先生ならご存じでしょう。あいつは三十二年間同じことを繰り返しているんですよ」

「そんなことはわかっています。だけど、罪を犯すかもしれない人を黙って見過ごすことはできません」

その言葉に、はっとさせられた。

自分の子供ぐらいの若者なのに、しごくまっとうな言葉に思えた。

「だから片桐さんとお話ししなきゃいけないんです」

「そういわれても……携帯も持ってないでしょうしね。一昨日(おととい)の夜ひさしぶりにこの店に顔を出しましたが昨日は来ませんでした。今日も来るかどうか……」

「片桐さんは出所したらどこで寝泊まりしているんでしょうか」

「わかりません。泊めてくれるような友人がいるという話も聞いたことがないし、かといってホテルやサウナで寝泊まりするというのは難しいんじゃないですかね」

「片桐さんには別れた奥さんとお子さんがいらっしゃいましたよね。そこに身を寄せるということは……」

「ありえないでしょう」菊池は即答した。

「今どちらにいらっしゃるかわかりますか」

「さあ。片桐の話によると奥さんの実家に戻ったとのことだけど。もっとも三十年以上前の話だから」

「どちらですか」

「浜松です。それ以上のことはわかりません」

「お名前を教えてください」

中村にメモ帳とペンを差し出され、菊池は陽子とひかりの名前を書いて渡した。

「まさかふたりを捜すつもりですか？」

呆気にとられて菊池が訊くと、メモ帳を見つめていた中村がこちらを向いた。

「わかりません。ぼくも仕事があるので……」

捜しても無駄だと思う――。

その言葉を飲み込んでいる間に、中村がメモ帳に何か書きつけている。一枚ちぎって菊池に渡した。中村の名前と携帯番号が書いてある。

「片桐さんに会ったら渡してもらえませんか。ぼくがどうしても会いたがっているので連絡をくださいと」

「まあ……わかりました」菊池はメモをポケットにしまいながら言った。


「ねえ、菊ちゃん――」

常連の徳山に呼びかけられ、菊池は包丁を動かしていた手を止めて顔を向けた。

「片桐が来たんだって？」

徳山の口からその名前が出た途端、カウンターに座っていた客たちが騒ぎだした。ここに座っている数人は片桐のことを知っている。

「いつ来たんだ」

徳山に訊かれ、菊池は「三日前です」と答えた。

早く中村の連絡先を渡したいが、片桐は昨日も来なかった。

中村は本当に陽子たちを捜しているのだろうかという思いがよぎる。菊池たちもこの三十二年の間に何度か彼女たちを捜そうかと思ったことがあった。だが、美津代とそのことについて話し合っても、ためらいが先にきた。

陽子とひかりが今の片桐の状況をどれだけ知っているのかはわからない。もし知らないでいるとしたら、罪を重ね、顔中に刺青(いれずみ)を入れた片桐の今の状況を伝えることで、陽子たちを深く悲しませることになるのではないかと思った。

「まったく勘弁してほしいよな。あの顔を思い出しただけで吐き気がしてくる。しばらくここには来られなくなっちまうな」

「そんなこと言わないでくださいよ」菊池はやんわりと徳山に返した。

徳山は特に片桐に対して厳しい思いがあるのだろう。

片桐は刑務所を出たり入ったりする三十二年の間で一度だけ職に就いたことがあった。前回出所した五年前に、片桐を何とか更生させようと、美津代が知り合いや常連客に訊き回って仕事を探したのだ。

美津代の懸命な思いが通じたのか常連客だった徳山の口利きで、彼が勤めているステンレスを加工している工場で片桐を雇ってもらうことになった。だが一週間と経たずに片桐は工場の機械で左手を手首から切断するという大怪我(おおけが)を負って辞めてしまった。とんでもない不幸に見舞われたと菊池と美津代は片桐に同情したが、徳山の感想はちがっていた。

事故に遭ったのは工場の責任だとして、片桐が社長から多額の賠償金をせしめたという噂が流れているというのだ。

そもそも事故を起こした機械は利き手を使って作業するものなので、利き手ではない左手を切断してしまうのはどうにも不自然だという。

片桐は賠償金目的でわざと左手を切断したか、もしくは次に罪を犯したときに情状酌量の材料を得るためにそんなことをしたのではないかというのが、工場関係者のもっぱらの意見らしい。そんな状況になってしまえば片桐を紹介した徳山も肩身の狭い思いをしただろう。

だが、さすがに金を得るために片桐がそこまでするとは菊池には思いづらかった。実際、片桐は退院した後しばらくして仙台で強盗事件を起こし逮捕された。多額の賠償金を得たというのであれば、そんなことはしないだろう。

「菊ちゃん、このままでいいのかい。せっかく後継者ができたっていうのに、あんなのにいつまでもまとわりつかれちゃことだよ」

徳山の言葉に、菊池は曖昧に頷いた。

「奈津子から聞いたんですけど、誘拐事件を起こしたって……」

茂が口を開くと、片桐のことを知らない客まで興味を持ったように会話に加わってきた。あっという間に片桐に対する罵詈雑言であふれかえる。菊池は聞くに堪えず、できるかぎり客たちの声から意識を遠ざけようとした。

そこまでの悪人だとは思っていない。たしかに罪を犯し続けているが、人のからだに危害を加えたのは最初の事件だけだ。それに自分には、美津代と共有した片桐とのいい思い出もたくさんあった。美津代を助けてくれたことだって感謝している。

ちらっと一番端に座る荒木に目を向けた。この話題に興味がないようで、本を読みながら日本酒を飲んでいた。

「よくのことこのあたりを歩けると思うよ。ああいうのを厚顔無恥って言うんだろうな。厚顔って言うか、公衆便所のらくがきみたいな顔だけどさ」

徳山が言うと、片桐のことを知っている客から失笑が漏れた。

「他の飲み屋でやつを見かけたという話は聞かないから、菊ちゃんが出禁にすればこのあたりをうろつくこともなくなるんじゃないか。なあ?」

徳山が同意を求めるように言うと、ほとんどの客が頷いた。茂まで相槌を打っている。

「そんな怖い人が来るお店は継ぎたくないって奈津子が言ってました。新しい仕事を探したほうがいいんじゃないかと勧められて」

茂がそう言って菊池のほうに目を向けたときに、奥の引き戸が開いた。

片桐が店に入ってくるのを見て溜め息を漏らしそうになったが、次の驚きにその思いがかき消された。片桐と一緒に女性が入ってくる。茶色い髪に厚めの化粧をしているので年齢はわかりづらいが、三十代に思える。

カウンターの客たちもふたりに注目していたが、すぐに視線をそらした。

片桐は顔見知りがいても動じることなく、空いているテーブル席に女性と向かい合わせに座った。

「いらっしゃいませ」

　菊池は注文を取りに片桐たちのもとに向かった。コートを脱いだ女性の胸もとから刺青が覗いている。

「瓶ビールとコップをふたつ。あと、マッチをくれ。食事は？」片桐が女性にメニューを差し出した。

「それじゃ豆腐サラダと天ぷら」

「あと焼きそば。焼きそばは菊ちゃんが作ってくれよ」

「炒め物は茂に任せてる」

「そんなこと言うなよ。頼むよ」

　珍しく甘えるように言われ、菊池はしかたなく頷いた。

　ふたりにビールとコップとマッチを持っていきカウンターに戻ると、荒木が「お勘定をよろしく」と言って立ち上がった。会計をして荒木を見送ると料理に取りかかった。

　カウンターの客がちらちらと片桐のほうを見ている。そういう自分も料理を作りながらふたりを意識していた。

　ふたりはお互いのコップにビールを注ぎ合いながら、楽しそうに語り合っているようだ。

　いったいどういう関係だろう。

女性を見ているうちに、どことなく陽子の面影と重なった。外見が似ているというわけではないが、屈託なく笑顔で片桐に話しかける感じがそう思わせるのかもしれない。

「どこの女だよ……」

カウンターからそんな囁きが漏れ聞こえてきた。

「どうせ道ばたに立ってた商売女だろう」

徳山の呟きが聞こえた次の瞬間、片桐がさっとこちらを振り返った。

「今何て言った？」

片桐は憤然とした顔つきで席を立つと、右手に瓶を握ってカウンターに向かってきた。

まずい――。

菊池は急いでカウンターの外に飛び出した。

「今しゃべったのはどこのどいつだ。ぶっ殺してやるッ！」片桐が叫んでカウンターの一番端の角で瓶を叩き割った。

店内から悲鳴が響き、客たちが腰を浮かせる。

「やめろ！」

菊池は片桐に飛びかかり、割れた瓶を持った右手首をつかんだ。そのままからだを押さえつけるようにして、片桐を入り口のほうに連れていく。

菊池のからだを傷つけないようにか、片桐はほとんど抵抗しないまま店の外に出た。

「落ち着け。とりあえず瓶を離せ」

菊池が言うと、片桐が瓶を地面に放り投げた。

「また刑務所に入りたいのか」

「さあな」片桐がふてくされたように顔をそらす。

「おまえはどうしてそうなんだよ。そんなんじゃ、あのときのチンピラと変わらないじゃないか」

菊池の言葉に反応したように、片桐が睨みつけてくる。手を離せと腕をばたつかせてきたが菊池は離さなかった。

「あの頃のおまえはいったいどこに行っちまったんだよ。今の姿を見たら陽子さんも悲しむ……」

「黙れッ！」

次の瞬間、右手に鋭い痛みが走り、つかんでいた片桐の手を離した。

義手で叩きつけられたようで、菊池はその場に膝をつき、痛む右手を押さえた。顔を上げて片桐を睨みつける。

「もう……もうここには来ないでくれ……」

菊池が告げると、片桐がはっと息を呑んだのがわかった。

「頼む。おれのために……いや、おれたち家族のために、もう店には来ないでくれ」

片桐はじっとこちらを見つめている。やがて目をそらすと「わかった」と呟く。

菊池は立ち上がりながら痛む右手でポケットの中を探った。店の引き戸を開けようとした片桐の右手に今度は手を添え、中村から渡されたメモ紙を握らせる。

「おまえの弁護を担当した中村さんって人が連絡を取りたがっていた。連絡してやってくれ」

子供ほどの年の若者に、しかもたいして付き合いのない人間に投げ出してしまうしかない自分がどうしようもなく情けなかった。

自分と片桐の三十五年間はここで終わろうとしている。

片桐はメモ紙をズボンのポケットに入れると引き戸を開けた。

「行こう――」と片桐が呼びかけると、奥の席で心配そうな顔をして座っていた女性が立ち上がった。

彼女が店を出るより先に片桐が歩きだした。店から出てきた女性は菊池に軽く会釈をして片桐の後についていく。

ふたりの背中をしばらく見つめ、菊池は店の中に入った。


「もう帰っていいぞ」

菊池が言うと、明日(あした)の仕込みをしていた茂がこちらに顔を向けた。

「でも、まだ一時間ありますよ。それに掃除も……」

あの騒動があった直後にすべての客が帰っていき、今は誰もいない。

「この時間からじゃどうせ誰も来ない。それに今日は疲れただろう」

「本当にいいんですか？」

菊池が頷きかけると、茂がエプロンを脱いでカウンターから出た。申し訳なさそうに何度か頭を下げながら店を出ていく。

ひとりになりたかった。

そんなんじゃ、あのときのチンピラと変わらないじゃないか——。

そう言ったときの片桐の目が頭から離れない。初めて見るような憎悪のこもった目で自分を睨みつけていた。

ひどいことを言ってしまったと後悔している。自分の人生を狂わせるきっかけになった男と変わらないと言われたら、さすがに傷つくだろう。片桐からすれば、美津代を助けるためにあんなことになってしまったのだ。それに片桐を激昂させた原因は徳山にもある。

仮に客が来たとしても今はとても仕事にはならないと、菊池はカウンターから出て引き戸に向かった。

店から出て暖簾を外したときに誰かに呼ばれた。振り返ると、荒木がこちらに近づいてくる。

「もう終わりなんですか？」

「ああ……どうされたんですか」菊池はとりあえずそう言った。

荒木がこの時間まで飲み歩いているのを初めて見る。

「明日は仕事が休みなのでもうちょっと飲みたいなと思ったんですけど。さっきは賑やかすぎてゆっくりと飲めなかったので」

そういう言われかたをされると断れない。

「どうぞ、お入りください」

「ありがとうございます」

菊池は暖簾を掛け直そうかと迷ったが、けっきょく手にしたまま荒木とともに店に入った。

「つまみはいいので八海山を冷やで。よかったら大将も飲んでください」

「それではお言葉に甘えて」

菊池は冷蔵庫から八海山の一升瓶を取り出すとふたつのグラスに注いだ。荒木と軽くグラスを合わせて半分ほどまで一気に飲む。グラスを見つめながら思わず溜め息が漏れた。

「どうしたんですか？　何だか元気がないですね」

その声に、菊池はグラスから荒木に視線を向けた。

「友人を失くしてしまったばかりなので」

「もしかして、先ほどの人？」

頷くべきか迷ったが、ひとりで抱えるには心が重すぎた。

「そうです」

菊池は頷いたが、荒木の表情は特に変わらなかった。

「それで？」荒木が菊池をじっと見つめて先を促す。

「荒木さんはこの前初めてお会いされたかもしれませんが、あいつがいろいろと噂に上る片桐です」

「ここの常連客から話は聞いていたからそうだろうと思っていました」

自分と片桐との関係や、先ほどの騒ぎと訣別の経緯をかいつまんで話すと、荒木が軽く唸りながらグラスの酒を飲んだ。

「それで、大将はどうしたいんですか？」荒木が訊いた。

簡単には答えられない問いだ。

「受け入れられないのは見た目じゃなく、生きかたなんです」菊池はそう答えた。

「生きかたが変われば受け入れたい？」

「でしょうね……」

たぶんこのままでは、死ぬ寸前まで片桐のことがちらついてしまうのではないか。

「きっと変えることができるんじゃないでしょうか」荒木がこちらを見つめ返しながら言った。

「そうですかね」

今までの付き合いからそうだとは思い切れない。

「わたしの友人にもどうしようもないやつがいました。女遊びとギャンブルにはまって多額の借金を抱えたことから警察の厄介になったんです。それで妻と子供に見放されると寂しさから酒に溺(おぼ)れ、働くこともせず、ふたたび罪を犯して刑務所に行きました。でも、今は一応まっとうに生活しています」

「片桐はあの顔で、左手は義手なんです。とてもまともな職場で働くことはできないでしょう」

「大将だって今さっきおっしゃったでしょう。受け入れられないのは見た目ではないって。あの人を受け入れてくれる職場だってあるんじゃないでしょうか。何ならその友人に訊いてみますよ。彼は仕出し弁当を作る工場で働いているんですが、前科があるのを知っても受け入れてくれたそうですし」

若い弁護士の顔が脳裏に浮かんだ。彼も片桐の将来を案じている。まだ間に合うだろうか。

「ただ、もうやっと話をする機会があるかわかりません。携帯も住むところもない男なので」

「さっき『ごんべえ』で飲んでるところを見かけました。まだいるかわからないけど」

すぐ近くにある立ち飲みの酒場だ。

仮にその話をしたとしても、片桐が受け入れるという自信はない。むしろ荒木やその友人に迷惑をかけることになるのではないか。

「荒木さんのおかげでその友人は変われたんでしょうか」菊池は訊いた。

「どうでしょうか。ただ、自分のことを見放さないでくれる人がいるかぎり、変われる可能性はあると思います」

荒木はグラスの酒を飲み干すと、財布を取り出した。

レジからお釣りを取って振り返ると、荒木が紙に何か書いている。釣りを渡すと代わりに紙を差し出された。携帯番号が書いてある。

「ご連絡をいただければ友人に話してみます」荒木はそう言うと立ち上がって店を出ていった。

自分のことを見放さないでくれる人がいるかぎり、変われる可能性はあると思います――。

何度も裏切られてきた。だけど片桐が変わる可能性がまったくないわけではない。少なくとも自分は片桐のことをまだ見放したくない。

菊池はレジから店の鍵を手にするとカウンターを出た。引き戸を開けようとした瞬間、ぬっと影が現れて仰け反った。

がんがんと叩く音がして、菊池は引き戸を開けた。目の前に片桐が立っている。だが、片桐は菊池と視線を合わせようとしない。

「どうしたんだ？」菊池は問いかけた。

「もう来るなと言われたがどうしても頼みがあって来た。暖簾がなかったからとりあえずいいかと思った」

「頼みって何だ？」

今の今、片桐に会うために店を出ようとしたことは飲み込んで菊池が訊くと、片桐がこちらに視線を合わせた。

「最後に菊ちゃんが作った焼きそばが食いたい」

菊池は頷いて、片桐を店内へと促した。片桐がゆっくりとした足取りで店の奥に向かい、カウンターの一番端の席に座る。

「酒は何にする？」菊池はカウンターに入りながら訊いた。

「飲み過ぎたから水でいい」

菊池はコップに水を注ぐと片桐の前に置き、冷蔵庫から材料を取り出した。

「さっきはひどいことを言ってしまった。すまなかった」

野菜を切りながら菊池が言うと、片桐がこちらに顔を向けた。

「別に気にしてないさ。でもそう思ってるならこの焼きそばはごちそうしてくれよ。それでチャラだ」

菊池は野菜を切り終えると麵(めん)とともにフライパンに入れて炒(いた)めた。肉は入れず、卵でとじる。焼きそばを皿に盛って片桐のもとに向かう。

焼きそばを目の前に置くと、片桐が割り箸(わりばし)を口にはさんで割り、右手に持った。ひと口食べて、こちらに顔を向ける。

「やっぱりおれが作るとちがうか？」

菊池が訊くと、片桐がかすかに口もとを緩めた。

「美津代さんは安らかに逝ったのか」片桐が呟くように言った。

「ああ。ただ最期までおまえのことを心配していた」

片桐がわずかに顔を伏せる。

「あっけないよな。おれたちもきっと……」

自分も片桐も残された人生はそう長くはないだろう。

美津代の最期には自分と奈津子が寄り添った。自分が最期のときにはきっと奈津子と茂と春花が寄り添ってくれるだろう。

片桐はどうだろうか。

自分の人生の半分以上を刑務所の中で過ごし、家族や仲間に囲まれることなく、孤独に死んでいくのか。

そうはさせたくない。

たとえ陽子やひかりと一緒に生きることは叶わなくても、片桐には新しい幸せを見つけてほしい。

催促していた割にはそれほど腹が減っているようでもなく、片桐は身を縮めるように前かがみになりながらゆっくりと箸を口に運んでいる。しばらくすると片桐が手を止めてこちらに目を向けた。

「奈津子ちゃんの結婚式の写真あるか？」

「ああ」

菊池はポケットから携帯を取り出した。携帯を操作してそのときの写真を表示させる。

「ここを押せばちがう写真も見られるから」

そう言って菊池が携帯を渡すと、片桐が食い入るように画面を見つめる。

その表情を見つめているうちにはっとした。片桐の顔に刻まれた刺青（いれずみ）に涙が伝っていく。

片桐の涙を初めて見る。

いや——初めてではない。

自分は間違いなくこの光景を以前にも見ている。

そうだ。片桐が陽子にプロポーズしたときだ。

「よろしくお願いします」と陽子が言ったときに片桐が見せた涙。あの頃と同じ片桐がここにいる。

「美津代さんに見せてやりたかったな」

片桐はカウンターに携帯を置くと、袖口で涙を拭（ぬぐ）った。焼きそばを一気にかき込んで立ち上がる。

「ごちそうさま。うまかった」

片桐が早足に歩いていき、引き戸に手をかけた。

「なあ——」

菊池が呼び止めると、片桐が手を止めてこちらに顔を向けた。

「おまえに仕事を紹介してくれそうな人がいる。話を聞いてみないか」

片桐が苦笑したように顔を歪める。

「たまにじゃなく、もっとここに来てほしいからさ」菊池は片桐の目を見つめながら言った。

「ありがとう。考えとく」

片桐はこちらに背を向け引き戸を開けると、右手を軽く上げながら出ていった。

静かに引き戸が閉まる。


翌日の夜遅くなってから、中村が店にやってきた。

「片桐さんはいらっしゃってないですか」中村が店内を見回して言った。

「約束してるんですか」

「いや……約束というわけでは。とりあえず生ビールをお願いします」そう言いながら中村がカウンターに座る。

菊池はジョッキにビールを注ぐと中村の前に置いた。

「これ、お土産です」

中村から紙袋を渡され、菊池は中に入っている物を取り出した。浜松名物のうなぎパイとある。

「本当に浜松に行ってたんですか？」

菊池が訊くと、中村が頷いた。

「片桐とは会えたんですか」

「ええ、今日。一緒に浜松に行ってきました」

「それで……」

「これからの片桐さんは大丈夫でしょう。ぼくはそう信じています」中村が妙に自信ありげに頷きかけてきた。

浜松で何かあったのだろう。中村の表情を見るに、片桐にとって何かが前進したようだ。

「そうですか。お土産をいただいたんでそれはごちそうしますよ」

友人のために力を尽くしてくれた中村をねぎらいたい。

「じゃあまたそのお礼として大将にごちそうさせてください」

「じゃあ、遠慮なく」

菊池は自分のぶんのビールを注ぐと中村の前に戻りジョッキを合わせた。晴れやかな気持ちでビールを飲むと中村のほうに身を乗り出す。

「それで、浜松でどんなことがあったんですか」

菊池は訊いたが、漏れ聞こえてきた音にテレビに目を向けた。

ニュースをやっていて、『公園で発砲事件。男性死亡』というテロップが出ている。

「繰り返します。今日の午後九時半頃、新宿区大久保三丁目の本条公園で発砲があり警察官が駆けつけたところ倒れている男性を発見し、近くにいた男を逮捕しました……」

テロップに出ている名前と年齢を見て、全身が凍りついた。

第二章　中村尚

「まったく、もう……早くあんなやつと別れてすっきりしたい。どうにかしてください」

目の前の女性はひとしきり旦那の文句をまくし立てると、最後にそう言って頬杖をついた。

どうにかしてくださいと訴えられても、なかなか難しい相談だ。

先ほど記入してもらった依頼書によると、女性は三十二歳で旦那も同い年ということだ。結婚して七年目になるという。歳は自分と同じだが、こちらは結婚していないので、女性が訴える別れたい理由というものもなかなかピンとこないでいる。

中村尚はテーブルの上で両手を組み、穏やかな口調を心がけながら切り出した。

「離婚を考えてらっしゃるのでしたら、まず旦那様とお話し合いをされてみてはいかがでしょうか」

「何度も話しましたよ。いい加減うんざりだから別れてくれって。だけどまったく取り合ってくれないのよ。この事務所で離婚裁判の弁護をお願いしたら、いくらぐらいかかるのかしら」

「ケースによって変わってきますが、裁判で勝訴した際の報酬金を含めますとだいたい百万円ぐらいかかるとお考えいただければ」

「そんなにかかるんですか？」女性が驚いたように目を見開いた。

「ええ」

「でも慰謝料をもらえば元が取れるかも。何百万円ぐらい請求できるかしら」

「お話を聞いているかぎりではそれほど期待できないと思われます。それに訴訟で離婚が認められるには法定離婚原因というものが必要になります」

「何ですか、それは？」

「民法で定められた離婚の原因として認められる事項のことです。たとえば旦那様に浮気や買春などの不貞な行為があったとき……」

「妻がいるのにキャバクラに行くのは不貞行為じゃないんですか？」女性がすぐさま言った。

上着のポケットにキャバクラの名刺が入っていたとのことだが、旦那は上司に無理やり連れていかれたと言い張っているという。

「たしかに奥様からすれば極めて不謹慎な行為かもしれませんが、浮気したという確かな証拠がなければ離婚原因として認められるのは難しいでしょう。旦那様の稼ぎが少ないとご不満のようですがきちんと生活費を入れてらっしゃるということですし、奥様に暴力を振るうわけでもありませんから。まあ、毎月毎月同じようなガンプラを買ってくるという奥様の不満もわかりますが、月に一万円程度の出費ということなので、ひどい浪費をしているというのにも当たらないでしょう」

「本当に邪魔なのよね。わたしは子供と結婚したわけじゃないのよ」女性がそう言って溜め息を漏らした。

「ちなみに先ほどおっしゃっていた口が臭いとか、休みのときに一日中ゴロゴロしているというのは離婚原因にならないのではないかと思われます。ただ、愛情の喪失や性格の不一致なども法定離婚原因に含まれていますので、認められる可能性がまったくないというわけではないでしょうが」

中村はそこまで言うと、壁掛け時計に目を向けた。あと十分ほどで一時間の無料相談が終わる。

「裁判を起こしても決着までに一年や二年かかることはザラです」中村は女性に視線を戻して言った。

「そんなにかかるんですか？」

中村は頷いた。

「そもそも裁判を実際に行う前に、夫婦関係整理調停の申し立てをしなければなりません。調停離婚を試みるということです」

「調停離婚？」

「家庭裁判所で調停委員のかたが夫婦の間に入って離婚に向けての話を進めていくものです。裁判ができるのは旦那様がその調停に応じなかった場合、というのが原則なんです」

説明を始めたときに、テーブルの上の電話が鳴った。内線だ。

「ちょっと失礼します」中村は女性に断って受話器を取った。

「中村先生に片桐さんというかたが訪ねてこられています。二番の部屋にお通ししていますので……」

同僚の久保の声が聞こえたが、心なしか声がうわずっているように感じる。

「わかりました。ありがとうございます」中村は受話器を降ろした。

頭の中で片桐という人物に思いを巡らせたが、心当たりがない。

女性に調停離婚の説明を一通りしたところで時間になった。

「時間ですのでこれで無料相談を終了させていただきますが、まだご相談されたいことはありますか？」中村は訊いた。

「この後は有料ということですよね」

「申し訳ありませんが、これから先は一時間五千円の相談料をいただくことになります」

「ちょっと落ち着いて考えてみます」

「それがいいかもしれませんね。また何かありましたらいつでもご連絡ください」

女性は「わかりました」と頷くと椅子から立ち上がった。中村も立ち上がり部屋のドアを開けて彼女を外に促す。事務所の入り口まで見送った後、来客が待っているという二番の部屋に向かった。

いったい誰だろう。

今抱えている案件の関係者に片桐という人物はいない。それに内線電話をかけてきた久保がいつもとちがう声音だったのも気になっている。

いや、正確にはひとりだけ強烈に記憶に残っている人物がいるが、彼がここを訪ねることはないはずだ。

中村は少し緊張しながらノックをしてドアを開けた。

テーブルの奥に座って煙草を吸っている男性と目が合い、思わず身を引きそうになった。

「よお先生、元気にしてるか？」男性がそう言って煙草を持った右手を上げた。

その顔は忘れられない。目の前の男性の顔は豹柄模様の刺青で覆われている。

「片桐さん……どうなさったんですか？」中村はテーブルに近づきながら声をかけた。

「昨日、宮城刑務所から出てきたんだよ」

それを聞いて、中村は片桐の左手の義手をちらっと見た。

仙台矯正管区内で身体障害者を受け入れるのは宮城刑務所だけだ。

矯正管区とは刑務所などの刑事施設と少年院などの少年施設の管理運営を図るために設けられたもので、全国を八つの管轄区域に分けている。

「シャバでひさしぶりに飲んでたら先生のことをいろいろと思い出しちまってな。迷惑だったか？」

「いえ……わざわざありがとうございます」

ようやく動揺が治まってきて、中村はぎこちなく笑みを返しながら片桐の向かいに座った。

「刑務所はこの近くだからまっすぐ来ればよかったんだけど、帰巣本能ってやつか、そのまま赤羽に行っちまってな」

「赤羽というのは東京の？」

片桐は頷いて灰皿に煙草を押しつけると、隣の椅子に置いた紙袋を取ってこちらに渡す。

中村は紙袋の中に入っている箱を取り出した。雷おこしという菓子だ。

「つまらねえもんだけど、みやげだ」

「ありがとうございます。あとで事務所の皆でいただきます」

「先生には世話になったからな。あのときはありがとうよ」

「弁護士として当たり前のことをしただけです」

片桐は五年前に強盗の容疑で逮捕され、中村が弁護を担当した。

「おれは今まで何度も裁判を受けているけど、あんたみたいに親身になってくれた弁護士は初めてだった」片桐がそう言って顔を歪める。

顔を覆う刺青がなければ、さぞかし愛嬌のある笑みに映るだろう。

片桐がテーブルの上に置いた煙草の箱に手を伸ばした。煙草を一本つまむと口にくわえ、マッチの箱をつかんだ。右手だけを使ってマッチをこするが、なかなかつかない。

「火をつけましょうか？」

中村が言うと、片桐がこちらに目を向けた。

「頼む。残り一本しかないんだ」

中村は代わりにマッチの火をつけて片桐がくわえた煙草に移した。

「これからどうされるんですか？」

中村が訊くと、立ち上る煙を見つめていた片桐がこちらに視線を戻した。

「さあ、どうすっかなあ」

「赤羽に行ったということですけど、そちらに頼れるかたがいらっしゃるんですか」

「知り合いは何人かいるよ」

そういえば、片桐は最初の傷害事件を起こす少し前まで赤羽で暮らしていたと話していたのを思い出した。それからは出所するたびに全国を放浪するようにして罪を犯している。中村が担当した事件の前に逮捕されたのは四国の高松だ。

「それでしたら赤羽に落ち着かれるのが一番でしょうね。五年前にもお話ししましたが、仕事が見つからなくてどうしようもない状況でしたら生活保護を受けるという方法もあります」

「国の厄介になるのは何だかなあ……」片桐がそう言って煙草を吸い、天井に向けて煙を吐き出した。

　刑務所に入ることだって国の厄介になることなのだ——と言いそうになったが、思いとどまった。

「片桐さん、ぼくとの……」

　そこまで言ったときにテーブルの上の電話が鳴った。

「ちょっと失礼します」中村は片桐に断って受話器を取った。

「目黒さんがいらっしゃいました」

　久保の声を聞いて、中村は時計に目を向けた。もうすぐ二時だ。二時から依頼人の目黒と来週の訴訟について面会をすることになっている。

「わかりました。少しお待ちくださいとお伝えください」中村は受話器を降ろして片桐に視線を向けた。「申し訳ありません。二時から依頼人との面会が入っていまして……」

「先生も忙しいな」片桐はそう言って煙草の火をもみ消すと立ち上がった。

「一時間半ほど待ってもらえれば終わりますけど。せっかく仙台まで訪ねてきてくださったんですからもう少しお話ししませんか」中村は立ち上がりながら言った。

「いや、先生の顔が見られただけでじゅうぶんだ」

　中村はドアを開けて片桐と一緒に部屋を出た。事務所の入り口まで行くと、片桐がこちらに顔を向けた。

「また何かあったらあんたにお願いしたいな」

その言葉を聞いて、中村はぎょっとした。

「何かあったらってどういう……」

片桐は答えずに、こちらに背を向ける。

「片桐さん――」

中村が呼び止めると、ドアを開けて出ていこうとしていた片桐がこちらを振り返った。

「片桐さん……ぼくとの約束を覚えていますよね？」中村は訊いた。

片桐は顔の刺青をわずかに歪めると、何も言わないまま出ていった。


「ねえ、聞いてる――？」

玲花の声が聞こえ、中村は正面の酒棚から隣に視線を移した。

「ん、何？」

中村が言うと、玲花が「もう……」と口をとがらせてショートカクテルを飲んだ。

「ごめんごめん、何？」

「今日の被告のことよ。相手が女だからって舐めくさってたのよ」

「そうか……」中村は相槌を打つと玲花から視線をそらして水割りを飲んだ。

「ちょっと、どうしたの。元気ないなあ。仕事で何かあったの？」

「いや……別に何かあったってわけじゃないけど。ただちょっと気になることがあってさ」

「何よ、気になることって」

　上着を引っ張られ、中村は玲花に顔を向けた。

「今日、五年前に弁護を担当した人が事務所を訪ねてきたんだ。片桐さんって人なんだけどさ」

　さっと玲花の表情が変わる。

「片桐って……もしかして顔中刺青だらけの人？」

　中村は頷いた。

　事件を担当したわけでもないのに知っているということは、地検内でも片桐のことはそれなりに話題になったのだろう。

「何しにやって来たの？」玲花が身を乗り出して訊いてくる。

「昨日出所したって報告。ぼくにはいろいろ世話になったって手土産を持って来てくれた。ただ帰り際に、また何かあったらぼくにお願いしたいなって言ったんだ」

「それで？」

「また何かあったらって、もしかしてまた罪を犯すつもりじゃないかって……」

「そうなんじゃない」

　玲花に事もなげに言われ、中村は返す言葉を失った。

「三十年以上刑務所を出たり入ったりしてるんでしょ。しかも刺青だらけの顔で、たしか左手も事故でなくしてるんじゃなかったっけ。社会復帰できると思う？」

手厳しい。

「身も蓋(ふた)もない言いかたをするなあ」

毎日仕事で対峙(たいじ)しているのでしかたがないのかもしれないが、玲花は犯罪者に対して手厳しい。

玲花は司法研修所の同期だ。その頃は勉強に明け暮れていたし、女性として意識してはいなかったが、四年ほど前に仙台駅前のデパートでばったり再会したことがきっかけとなり付き合うようになった。

「尚には関係ないじゃない。もう刑事弁護はしないんでしょ」

弁護士になってからしばらくは国選で刑事弁護を受け持っていたが、三年ほど前から引き受けなくなった。

「関係ないと言えば、ないけど……」

中村は酒棚に目を向け、どうしてこんなに胸がざわつくのかと考えた。

あんた、おれの娘と同い年だな——。

アクリル板越しにそう言って笑いかけてきた片桐の顔を思い出す。

警察署の留置場で初めて対面したとき、中村は片桐のあまりにも異様な形相に怯(ひる)んだ。しばらく声を発せられずにいると、片桐が中村の年齢を訊いてきた。中村が答えると、片桐はこちらに据えていた目を細めて、自分の娘と同い年だと言った。

片桐はそれから自分の半生について語った。当時から二十七年前に傷害事件を起こして逮捕されて以来、刑務所を出たり入ったりの生活をしているという。

最初の逮捕がきっかけで妻子と別れ、自暴自棄になって顔に刺青を入れ、その直後に誘拐事件を起こしてふたたび逮捕されてしまった。

懲役八年の刑を受けて旭川刑務所に服役したが、出所すると二週間と経たずに今度は名古屋で同様の事件を起こし、九年間岐阜刑務所に服役した。そこを出所するとまた高松で誘拐事件を起こし、十年の懲役刑を受けた。五年前に徳島刑務所を出た後には更生しようと思ったようで、知り合いに紹介された工場で働き始めたという。だが、そこで左手を切断するという事故が起き、仕事を辞めざるを得なくなってしまった。その後、片桐はなけなしの金を持って仙台に向かったそうだ。どうして仙台だったのかと訊くと、

「何となく」と片桐は答えた。

仙台で仕事を探したが見つからず、ホームレスをしながらしのいでいたが、空腹に耐えられなくなり強盗することを思い立ったという。帽子とマスクとサングラスで顔を隠した片桐はドラッグストアに押し入り、店員を包丁で脅して売上金の十一万円を奪った。だがそれから間もなく近くの交番に自ら出頭した。奪った十一万円は逃走している途中に落としてしまったそうで、その後も見つかっていない。

中村との接見で片桐は、こんな生活を繰り返したくはないが出所しても働く場所が見つからないと語った。

たしかに片桐の経歴や風貌、そして左手を欠損しているという障害を考えると、社会で生活するのは簡単ではないだろう。自ら出頭したのも、刑務所の中こそが片桐にとっ

ての安住の地になっているからではないかと思った。

中村は罪を犯さなくても生活保護などの福祉に頼ることもできると訴え、片桐にもう再犯はしないと約束させて裁判に挑んだ。片桐が抱えている障害や心から反省していること、さらに自首していることなどを材料に情状酌量を求め、強盗罪としては最も低い懲役五年という判決を引きだした。

片桐はまだ更生できるだけの心を持っていると信じたから全力を尽くした。それなのに再犯されてしまったら――。

「ところで、日曜日は大丈夫だよね？」

玲花の声に、中村は我に返って目を向けた。

「ああ。十時に北山駅の改札で待ち合わせだろ」

そろそろ両親に紹介したいということで、明々後日に玲花の実家に行くことになっている。

そのことを思い出して急に緊張感がこみ上げてきた。

玲花はおくびにも出さないが由緒ある家柄だというのを知っている。玲花の両親は自分を受け入れてくれるだろうか。

部屋の前にたどり着くと、中村はドアの横に置いた洗濯機のふたを開けた。中に入っている洗面器とタオルを取り出してふたを閉め、そのままアパートの階段に向かう。

階段を下りる前に足を止めた。まだ十時前なので銭湯は開いているが、これから行くのが億劫になっている。台所で髪とからだを洗うことにして、部屋の前に戻った。

部屋に入るとまっすぐ台所に行き、服を脱いで下着一枚になった。流しの水道で髪を洗い、濡らしたタオルでからだを拭ったが、さすがに十一月ということもあって冷たい。すぐに隣の和室に行きスエットに着替えた。電気ストーブをつけ、机の上に置いた母の遺影に目を向ける。

「横着せずにやかんでお湯を沸かせばよかったな」

思わずひとり言を漏らしたが、遺影の母はこちらを見つめるだけでもちろん何も返さない。

代わりにもうひとりの自分が、そもそもそんなことを後悔する以前に風呂付きの部屋に引っ越せばいいではないかと突っ込みを入れてくる。

イソ弁とはいえ、もう少し立派な部屋に移れるぐらいの稼ぎはある。だけどなかなか踏み切れないのだ。

他人から見れば風呂なしのぼろいアパートだが、この部屋には母との思い出が詰まっている。

両親の離婚を機に十二歳で母とこの部屋へ来てから、司法試験を突破して司法研修所の寮に入るまでの十年間の思い出が。

中村はふと思い立って台所に向かった。やかんを火にかけてお茶を淹れると、鞄の中に入れていた雷おこしと一緒に母の遺影の前に置いた。

母は甘いものが好きだった。だけど自分が食べたいものを我慢して、ずっと中村のために尽くしてくれたのだ。

生活に余裕がないというのに、弁護士になりたいという中村の願いを聞き入れて大学に入れてくれた。だが奨学金ですべてをまかなうことはできなかったので、本当にぎりぎりの経済状況になった。

中村は母の期待に応えるために在学中は勉強に明け暮れた。そして卒業後すぐに司法試験に合格し、司法修習のために埼玉にある司法研修所の寮に入った。ここを出れば弁護士になって母に楽をさせてやれると思って勉強に励んでいたときに、母が心臓病で亡くなった。

高校を出てすぐに働きに出ていれば、母はもっと長生きできたのではないかと今でも後悔が胸をよぎる。

母が亡くなりひとりになっても、この部屋を引き払う決心がなかなかつかなかった。中村は司法修習を終えるとここから通える弁護士事務所で働くことにして、それから八年間この部屋に居つづけている。

母に苦労ばかりかけてきたという罪悪感が消えず、贅沢(ぜいたく)な生活を求めることにためらいがあるからだ。

そして——ふいに父の顔が脳裏によみがえりそうになり、中村は慌てて振り払おうとした。

五年前に父も死んだ。その死に顔が頭から離れない。

刑事弁護を引き受けなくなったのは、法廷で玲花と争いたくないという思いもあったが、それ以上に言い訳や自己弁護を繰り返す被疑者と接しているうちに、心の奥底に封印していたはずの父の顔がちらつくようになったからだ。

自分のせいではない。自分が父を見殺しにしたのではない。あんたは自分の行いの報いを受けただけだ。

そうだろう？　ぼくは悪くないよね？　母さんだってそう思うでしょう？　母さんをさんざん苦しめてきた男なんだから。

中村は遺影を見つめながら心の中でひたすら同じことを問いかけた。


どうしてこんなところにいるのだろう。

赤羽駅の改札を抜けながら、中村はあらためてそんなことを思った。

昨晩はほとんど寝られなかった。その理由を考えているうちに、片桐が原因ではないかと思い至った。

また何かあったらあんたにお願いしたいな——片桐の言葉が気になっている。

玲花の言うように、片桐がふたたび罪を犯したとしても自分の知ったことではない。

自分がどれほど諭したところで、片桐の再犯を防げるなどと甘いことを考えているわけでもない。ただ、このままでいいのだろうかという焦燥感が朝になっても消えてくれなかった。

もし、片桐がもっと取り返しのつかない罪を犯してしまったら、自分が止められなかったことを悔やむのではないか。

だがいくら片桐のことを心配しても自分にはどうにもできない。事務所を出ていった片桐が今どこにいるのかもわからないのだから。

五年前の光景を思い出してナーバスになっているだけだ。片桐のことなど忘れてしまおうと思いかけたときに、テーブルの上に残されたマッチを思い出した。

朝、事務所に出勤するとごみ箱を漁(あさ)り、片桐が持っていたマッチを見つけた。

今日は昼の一時から民事訴訟の口頭弁論があった。近隣住民同士の騒音をめぐるトラブルだ。口頭弁論を終えて依頼人にメールで今日の報告をすると、事務所に連絡を入れた。このまま直帰すると告げて仙台駅に向かい、東京行きの新幹線に乗った。

マッチに記されている住所を頼りに商店街を歩き回っていると、『菊屋』という看板を見つけた。

暖簾(のれん)は出ていないが、金曜日に休みということはないだろうと近づいていく。引き戸に掛けられた看板に目を向けた。六時から開店と記されているから、あと二十分ほど待たなければならない。

所在なく店の外でうろついていると、引き戸が開いて自分と同世代ぐらいの男性が出てきた。

「どうぞお入りください」

男性が暖簾を掛けて言ったので、中村は軽く会釈をして店内に入った。

「いらっしゃいませ。おひとり様ですか？」

カウンターの中にいた年配の男性が声をかけてきた。

中村が頷く(うなず)と、「カウンターのお好きなところにどうぞ」と言われ、手前の一番端の席に座った。

「ご注文はお決まりですか？」

雰囲気からすると店主だろうか、中村の前にやってきて灰皿を置いた。中村は煙草を吸わないが、カウンターに置いたマッチを見て用意したのだろう。

とりあえず生ビールを注文すると、すぐにジョッキとお通しの小鉢が出てきた。

「どなたかのご紹介ですか？」店主らしき男性がマッチを見ながら訊(き)いた。

片桐の名前を出したらどんな反応が返ってくるだろう。片桐は誰が見ても特異な人物だから、興味を持たれてどういう関係かとあれこれ聞かれるかもしれない。だけど弁護士だと話したら片桐が罪を犯したことが知られてしまう可能性もあるので、迂闊(うかつ)なことは言えない。

「あ……いえ……まあ」

とりあえずはぐらかしてジョッキに口をつけると、男性が目の前から離れて魚の仕込みを始めた。

だが、片桐の名前を出さなければそもそも話が始まらない。

「あの……」と、思い切って片桐のことを知っているか訊いてみる。

男性は片桐のことを知っていたが、核心を避けてばかりで話が進まない。片桐の連絡先も知らないようだ。この人が片桐の所在を知っていたとしても、中村のことを怪しんではぐらかしているのかもしれない。

実際、魚の仕込みをするために中村のそばから離れた今でも、ちらちらとこちらの様子を窺っている。

片桐が事件を起こしたことには触れない形で、自分の身分をあきらかにしてみたらどうだろう。

たとえばある人の弁護をする関係上、片桐とどうしても連絡を取って話を聞きたいというように。

うん、それがいい。

ポケットから名刺入れを取り出して一枚抜くと、中村はあらためて男性を呼んだ。

「実はぼく、こういう者なんですが……」

中村が名刺を差し出すと、男性が受け取って見た。

「もしかして……片桐さんを担当した弁護士のかたですか？」

片桐が起こした事件のことを知っているのだ。拍子ぬけしたが、話が早い。

中村は片桐に関して気になっていることがあると切り出した。

「どんなことですか」

男性に訊かれたが、再犯する恐れを抱いているとは言えない。

どのように説明すればいいかわからず顔を伏せ、意味もなく目の前のメニューに視線を据えた。一番前にある『特製卵とじ焼きそば』という変わった料理名を見ているうちに、片桐の口から同じ料理名を聞いたことがあるのを思い出した。

あれはどういう話だっただろう。

そうだ。たしか片桐が中村に結婚しているのかと訊いてきたことがきっかけだった。

中村が結婚していないと言うと、片桐は「好きな人はいるのか？」とさらに訊いてきた。「いないです」と答えると、「寂しいねえ」と片桐が嘆くように言った。

その言葉に少し反発を覚え、「そういう存在がいることが幸せだとはかぎりませんよ。その人を好きになったことで不幸になることもありますから」と返した。

母のことを思い返すたびにつくづくそう痛感していたからだ。自分が好きになった人間と結婚しても、幸せになれる保証などない。

「たしかにそうだな」と片桐が深い溜め息とともに呟き、「好きだからこそ、何かあったときの絶望はでかい。でも、そういう存在が心の中にあれば、不幸でも生きていけることもある」と寂しそうに笑った。

片桐はそれから妻だった女性との思い出を語った。その女性とは馴染みの飲み屋で知り合い結婚し、子供ができたという。夫婦でラーメン店を開くために質素な生活をしていたが、その飲み屋の名物の焼きそばをふたりで食べながら夢を語っていたときが、一生で最も幸せな時間だったと語った。

三十年近くも前に別れているというのに、どうしてそれほど楽しそうに元妻のことを話せるのかと不思議だったので印象に残っている。

値段を抑えるために肉は使っていないが、野菜がたっぷり入っていて卵でとじているので栄養満点の焼きそばだったと——。

まさか、片桐が元妻と知り合ったというのはこの店ではないだろうか。

「片桐さんとはお客さんというだけの関係でしょうか」中村は顔を上げて訊いた。

「今はそうです。ただ知り合って三十五年になりますから……」

やはりここかもしれない。

「弁護士の先生だったらご存じでしょうけど、彼が初めて事件を起こしたのはここなんですよ」

中村は驚いて店内を見回した。

「そうですか……それでも未だにお付き合いがある」

「まあ、そういう関係です。片桐のことで気になるというのはどんなことですか」

自分の店で傷害事件を起こした片桐を今でも客として受け入れているということは、そうとう深い仲なのではないか。もしかしたらこの男性も片桐の累犯を心配していて、何とかしたいと思っているのかもしれない。

「昨日の昼過ぎ、片桐さんがぼくの働いている事務所を訪ねてきました。突然だったんですけど、手土産を持って。片桐さんは今まで何度も裁判を受けているけど、ぼくみたいな弁護士は今までいなかったとすごく感謝してくれて……ただ、その後の言葉がどうにも引っかかってしまって……」

続けて片桐が言い残した言葉について話すうちに、つい語気が強くなってしまう。男性は片桐が再犯するのを前提で話をしているが、自分からすればとんでもないことだ。

自分でもどうしてこんなにむきになっているのかわからないが、言葉があふれ出してきて止まらない。

やはり、片桐ともう一度は話をしなければならない。

「片桐さんには別れた奥さんとお子さんがいらっしゃいましたよね。そこに身を寄せるということは……」

「ありえないでしょう」男性が事もなげに言った。

「今どちらにいらっしゃるかわかりますか」

「さあ。片桐の話によると奥さんの実家に戻ったとのことだけど。もっとも三十年以上前の話だから」

「どちらですか」

「浜松です。それ以上のことはわかりません」

「お名前を教えてください」中村は鞄からメモ帳とペンを取り出しながら言った。

年配の男性に差し出すと、名前を書いてこちらに渡した。『元妻　松田陽子　娘　松田ひかり』とある。

「まさかふたりを捜すつもりですか?」

呆気にとられたような声で訊かれ、中村はメモから男性に視線を戻した。

今も浜松にいたとしても、この名前だけで所在を捜すのは簡単ではないだろう。

確かなことは答えられないまま、中村はメモ帳に自分の名前と携帯番号を書いてちぎり、男性に渡した。

「片桐さんに会ったら渡してもらえませんか。ぼくがどうしても会いたがっているので連絡をくださいと」

「まあ……わかりました」男性が肩をすくめてメモをポケットにしまった。

激しい動悸に襲われて目を覚ました。

暗闇の中にぼんやりと浮かぶ父の顔に慌てふためきながら、中村は天井に向けて手を伸ばした。

いくら手を振り回しても蛍光灯に取りつけた紐になかなか触れない。しばらくしてここがホテルの部屋だということを思い出し、ベッドに備えつけられているスイッチを入れた。眩しさに目を細めると同時に、安堵の溜め息を漏らす。

携帯を手に取って画面表示を見る。午前二時を過ぎていた。『菊屋』の閉店時間をとっくに過ぎているから、片桐はやって来なかったのか。それとも連絡先を渡されたが、片桐がかけずにいるのか。

『菊屋』を出て赤羽駅に向かっている途中に、今夜は近くのホテルに泊まることに決めた。

仙台に帰ってしまえば、たとえ片桐から連絡があっても話をすることしかできない。中村の訴えを面倒くさく思われて電話を切られてしまえばそれでおしまいだ。土日は仕事が休みだから明日も泊まっていくことはできる。日曜日の朝一番の新幹線に乗れば、家に寄って着替えをしたとしても玲花との約束に間に合うだろう。

来週は仕事が詰まっているので、東京に来る余裕はない。片桐から連絡があったときに、何とか再犯を思いとどまらせる材料がほしい。

中村はサイドテーブルに置いたメモ紙に目を向けた。

どうにかして、陽子に会うことはできないだろうか。

片桐は少なくとも五年前までは陽子のことを思っているのがありありと窺えた。片桐の前歴や容貌から考えてもふたりが復縁するのは望めないだろうが、陽子の口から直接諭されれば、今までの人生を悔い改めようと考えるかもしれない。

朝になったら、浜松に行ってみようか。電話帳を調べれば陽子か娘のひかりに行き着くかもしれない。だが、再婚して姓が変わっていたらどうしようもない。少しでも手がかりを得ようと、片桐が話した家族の事柄を必死に思い出そうとした。

しばらく記憶をたどっているうちに、ひとつ思い出した話があった。

子供が生まれてから陽子は仕事ができなくなり経済的に苦しくなったそうだが、それでもたまに着物の仕立て直しの内職をして家計の足しにしたという。

「着物の仕立て直しができるなんてすごいですね」と中村が言うと、片桐は「家業の手伝いで覚えたそうだ」と返した。

「おれみたいなのが相手でなきゃ、向こうの親だって結婚式のときに娘にいい着物を送ってやりたかっただろうな」

そう言って寂しそうに笑った片桐の顔が脳裏によみがえってくる。


「まもなく浜松駅――」

車内アナウンスが聞こえ、中村は席を立ってデッキに向かった。

新幹線からホームに降り立ち、改札に向かいながら腕時計に目を向けた。十二時半を少し過ぎている。

浜松駅から出ると、中村は駅前のロータリーを見回した。公衆電話ボックスを見つけてそちらに向かって駆けていく。ボックスの中に入ると、電話を置いた台の下からタウンページを取り出した。ぺらぺらめくりながら浜松市内にある呉服店を探していく。

『松田屋』というのを見つけ、思わずガッツポーズをした。

住所は中区新津町——とある。携帯の地図で調べると、助信駅に近い。ここから少し歩いたところにある新浜松駅から四駅目だ。

助信駅から携帯の地図を頼りに歩いていると、古めかしい日本家屋が目に留まった。瓦屋根に『松田屋』という重厚な木看板が掲げられている。

ここにたどり着くまではいたって順調だったが、この店構えを見てこれからすることの敷居の高さをあらためて実感した。

店の前をしばらくうろつきながらどのように切り出せばいいだろうかと考えたが、正直に話すしかないと決心して引き戸を開けた。

店内も風情がある。奥のほうが一段高い畳敷きになっていて、衣紋掛けに掛けられた着物がひとつだけ飾られている。その近くで着物姿の女性が正座して机に向かい書き物をしていた。

「いらっしゃいませ」

自分と同世代に思えるその女性が中村に気づき、立ち上がって声をかけてきた。

中村は軽く会釈をして店内を見回した。だが、商品が展示されているわけではないのでどうにも間が持たない。

「着物をお探しでしょうか」

女性に声をかけられ、中村は顔を向けた。

「いえ、あの……つかぬことをお伺いしますが、こちらに松田陽子さんというかたはいらっしゃいますか」

中村が言うと、それまで柔和だった女性の表情が変わった。

どこか険を感じさせる眼差しから、陽子のことを知っているのだと察した。もしかしたら娘のひかりではないだろうか。

「実は……ぼくはこういう者でして」中村は名刺を取り出しながら女性に近づいた。

女性は訝しそうに名刺を受け取るとしばらく見つめる。

「母は亡くなりました」女性がこちらに視線を戻して言った。

「そうですか……」

胸の中に落胆が広がっていく。

「仙台の弁護士のかたがどのようなご用件で訪ねてこられたんですか」

「もしかして、ひかりさんでしょうか」

女性が小首をかしげ、やがて頷いた。

「片桐達夫さんというかたのことで少しお話しさせていただきたいと思いまして」

中村が言うと、女性の眼差しがさらに険しくなる。そして何かに納得したように息を吐いた。

「弁護士さんの世話になっているということですね」

父親の行状を聞かされてきたようだ。

「たしかにぼくは五年前に片桐さんの弁護をしました。ただ、今はその罪を償って出所されています」

「そうですか」ひかりが素っ気ない口調で返した。

「片桐さんは三十二年前から刑務所を出たり入ったりの生活をしています。とうぜん家族もいません。ぼくから見れば人生を投げ出してしまっているようにも映ります」

「聞かされてきたとおり、ろくでもない人ですね。そんな人の血が自分にも流れていると考えただけでぞっとします」

「たしかに……まともな人生とは言い難いです。ただ、ぼくはやり直してほしいと願っています。二度と罪を犯してほしくない。これからの残された人生をまっとうに送ってほしい。五年前に話をしたときに、片桐さんは陽子さんやひかりさんとの思い出を幸せそうに語っていました。別れてから三十年近くも経っていたというのに」

そのことが意外だったようで、ひかりが訝しげに首をひねる。

「会うことはとても叶わないでしょうけど、片桐さんにとっては今でもおふたりの存在は大切なものにちがいないんです。おふたりなら片桐さんの今までの生きかたを変えられるのではないか、やり直すきっかけを与えてくれるのではないかと思って、失礼を承知でお伺いしました。何らかの形で片桐さんに思いを伝えてもらうことはできないでしょうか。お願いします」中村は深々と頭を下げた。

「勝手なことを……」

ひかりの呟(つぶや)きが聞こえて、中村は顔を上げた。

「その人のせいで母やわたしの人生は狂わされたんです。わたしの中に片桐という人の記憶はほとんどありません。ただ、ずっとその人を憎みながら生きてきました。その人が孤独にどこかでのたれ死ぬなら、わたしにとって本望です」

峻烈(しゅんれつ)なひかりの眼差しに怯(ひる)みそうになったが、その気持ちは痛いほど理解できる。

「よくわかります」

中村が頷くと、何か言い返したそうにひかりが少し前のめりになった。

「ぼくの父親もろくでなしでしたから」

意表をつかれたように、中村を見つめたままひかりが口を閉ざす。

片桐のように警察の厄介にこそなっていないものの、父は中村が子供の頃から酒とギャンブルと女に溺(おぼ)れ、母にさんざん苦労をかけてきた。離婚してからも度々部屋にやってきて、母に泣き言を言いながら金を無心した。母はそんな父のことを突き放しきれなかったらしく、身を切るようにして稼いだ金をやむなく手渡していた。

「ぼくが二十三歳のとき、母は亡くなりました。ぼくは父に対して言い知れない怒りを覚えました」

弁護士として働き始めてしばらくたった頃に、父が数年ぶりにあの部屋にやって来た。金の無心に来たようだが、母が亡くなったことだけを伝えると、父は無言のまま帰っていった。

それからしばらく音沙汰はなかったが、五年前に急に中村が働く事務所を訪ねてきた。初めて見るような憔悴した表情で、十万円ほど金を貸してほしいと懇願されたが、中村は突っぱねた。すると父は、「本当にその金がないとやばいんだ。このままだったら何をしでかすかわからない。そうなったらおまえにも迷惑がかかるだろう」と、脅迫とも泣き落としともつかない言葉を吐きながら目の前で土下座をした。

息子に土下座するほど落ちぶれてしまった父の姿を見て、吐き気がこみ上げてきた。中村と母が困っていたとき、父は何も助けてくれなかった。よくのこのこ自分の前に現れてこんなことができるものだ。目の前の父に言葉を投げつけることさえ虚しく思えた。

中村は「二度とぼくの前に顔を出さないでくれ」とだけ言い放ち、父を追い返した。

「それから一週間後に警察から連絡がありました。父が電車に飛び込んで自殺したと」

中村が言うと、ひかりの表情に動揺が浮かんだ。

身元確認を求められ警察署で父の遺体と対面した。布で隠されたからだはばらばらになっているそうだが、顔は比較的きれいで自分の知っている父だった。

「今でも後悔しています」

「お父さんにお金を貸してあげなかったことにですか」ひかりが訊いた。

「それもあるかもしれません。でもそれ以上に、自分の思いを吐き出さなかったことにでしょう。父に対しては恨みを含めてたくさん言いたいことがありました。それを言わないまま死なれてしまいました。それを言っていれば、子供として不甲斐ない親にしっかりと怒りをぶつけていれば、もしかしたら何かが変わっていたんじゃないかと後悔しています」

片桐の弁護を担当したのは父が亡くなってから一ヵ月ほど経った頃だった。

ひかりに父との関係を告白しながら、なぜ自分が片桐のことで必死になっているのか、わかった気がした。

自分は片桐と亡くなったばかりの父をどこかで重ね合わせていたのかもしれない。

「ぼくは今でも父を憎んでいます。いや、もう憎むしかないんです。ぼくはふたりがいなくなった今も、父に対する憎しみと、母に対する無念な思いに縛られて生きています。たとえ許すことができなかったとしても、ぼくはあのとき父に何かを伝えるべきでした。母のためにも、自分のためにも。そうしていれば少しはこの思いが晴れていたかもしれない」

ひかりはうつむいている。

「お母さんは片桐さんに対してどのような思いを抱いていたんでしょうか。それを伝えるだけでも……」

ひかりが顔を上げた。じっとこちらを見つめ、やがて口を開く。

「赤の他人のためにそんな辛いお話をしてくださってありがとうございます」

「いえ……」

「ただ、今のわたしはあの人に何かを伝えたいとは思いません。忘れたいだけです。二年前に結婚して子供もいます。関わり合いたくないんです」

中村はひかりを見つめた。辛そうに口もとを歪めている。

「ごめんなさい……」

「いえ……ぼくのほうこそ、ごめんなさい」中村は頭を下げると店を出た。

携帯の着信音が聞こえて、中村は目を覚ました。

ベッドから起き上がると携帯を置いてあるテーブルに向かった。着信画面を見ると、登録されていない携帯番号だ。

「もしもし……」中村は電話に出た。

「先生かい？」

すぐに片桐だとわかった。

「ええ、中村です」

「菊池から連絡してくれとメモを渡されたんだけど、いったいどうしたっていうんだ」

「実は今、赤羽にいるんです。これからお会いできませんか」

「悪いけどこれから用事があるんだ」

「今夜じゃなくてもけっこうです。近いうちにお会いしませんか」

「なあ、先生……先生だって忙しいんだろう。もうおれのことなんかかまうなよ。おれは先生が期待するような人間じゃないんだよ」

「また今までのように罪を犯してしまうということですか？」

片桐は何も答えない。

「五年前に約束したじゃないですか。もう罪は犯さないと」

中村が言うと同時に、笑い声が聞こえた。

「あんた、本当にいい人間だな。これからどんなことがあったとしてもそれは変わらないよ」

「どういう意味ですか？」

その言葉が気になる。

「まあ、何だっていいじゃねえか。先生と知り合えて楽しかったぜ。だけどこれでお別れだ」

「ちょっと待ってください！　今日ひかりさんに会ってきました」

このまま電話を切られないようにとっさに言うと、息を呑む音が聞こえた。

「二年前に結婚してお子さんもいらっしゃるそうです。片桐さんがまっとうな人生を歩まれることを望んでいます」

そんなことは言っていないが、この際しかたがない。

「ぼくもできるかぎり力になりますから。少しでも早くお会いしてこれからの仕事や生活についてお話ししましょう」

「陽子は……」

片桐に訊かれ、どのように答えるべきか迷った。

「残念ですが、お亡くなりになられたそうです」

長い沈黙が流れた。

「そうか。元気でな……」

その言葉を最後に電話が切られると、中村は重い溜め息を漏らし、ベッドに横になった。

明日は朝一番の新幹線に乗って仙台に戻らなければならない。

さっさと片桐のことなど忘れて早く寝ようと目を閉じた。だが、どうにも寝つくことができない。

酒でも飲んで昂った気持ちを少し落ち着かせたほうがよさそうだ。

服を着替えてホテルを出ると、まっすぐ『菊屋』に向かった。だが、閉店までまだ時間があるというのに暖簾が仕舞われている。

引き戸のガラス窓から店内を覗いた。カウンターに紺のキャップをかぶった年配の男性がひとり座っている。向かい合った菊池と何やら話をしているようだ。深刻な話をしているのか、菊池の表情は暗い。

ここで飲むのはあきらめたほうがよさそうだと、中村はちがう店を探しに歩きだした。

改札の外に立っている玲花が見えた。

中村が改札を抜けて近づいていくと、玲花がおかしそうに笑う。

「すごく顔が引きつってる。そんなに緊張することはないよ」

玲花に言われ、中村は頬から顎(あご)のあたりを手で撫(な)でた。

別に緊張しているわけではないが、自分の顔はそうとう引きつっているのだろう。

これからどんなことがあったとしても——。

昨晩の片桐の言葉がずっと心に引っかかっている。

片桐はふたたび罪を犯すつもりでいるのか。だから逮捕されても中村には関係ないと言いたかったのか。

片桐は自分の大切な人生をたったひとりで、檻(おり)に入れられたまま終わらせようというのか。

父の顔が脳裏にちらつきそうになり、中村は軽く頭(かぶり)を振った。

「ケーキでも買っていこうか」

もう片桐のことを考えるのはやめようと、中村は玲花に微笑みかけた。

「駅を出たところにおいしいケーキ屋さんがあるの。行こう」玲花が中村の腕に自分の腕をからませて歩きだす。

玲花と一緒にケーキ店に入ってショーケースを見ていると、鞄(かばん)の中で振動があった。

仕事用の携帯に電話がかかってきたようだ。携帯を取り出して画面を見ると、登録していない番号からだった。

「ちょっと電話がかかってきたから」

中村は玲花に断って店の外に出ると、電話に出た。

「突然すみません。松田屋の……」

女性の声が聞こえ、胸の鼓動が激しくなった。

「ひかりさんですね？　どうされましたか」中村は訊いた。

「あの人に会いたいと思ってお電話しました」

まさに自分が求めていたことではあった。

しかし、顔中刺青だらけの父と対面したら、ひかりはどう思うだろうか。

「難しいでしょうか？」ひかりが訊いた。

「いえ……ただ、直接お会いしたらショックを受けられるかもしれません」

「どうしてですか」

「片桐さんは顔中に刺青を入れています」

絶句したようだ。

しばらく言葉を待っていると、「かまいません」とひかりの声が聞こえた。

「ちなみに今日のご予定は？」

片桐が罪を犯す前に会わせなければ意味がない。

「大丈夫です」

「片桐さんに連絡を取って折り返します」

中村は電話を切って、ポケットからプライベート用の携帯を取り出した。着信履歴を呼び出し、昨晩片桐からかかってきた番号にかける。

「もしもし……」

苛立たしそうな女性の声が聞こえ、中村は怯んだ。

「あの……中村と申しますが、片桐さんのお電話じゃありませんか？」

「片桐？」怪訝そうな声で訊かれた。

「昨日この番号からぼくの携帯にかけてくださったんですけど」

「ああ……ここにはいないけど」

「至急片桐さんと連絡を取りたいんですけど、どこにいらっしゃるかわからないでしょうか」

「そう言われても……今日の夜に会う約束をしてるけど」困惑したような声で女性が言う。

「片桐さんとお会いしたときに、すぐにこの番号に連絡してくださいとお伝えいただけないでしょうか。お嬢さんとのことでどうしてもお話ししたいことがあると」

「お嬢さん？」

「ええ」

「どうしても話したいことって何？」

「申し訳ありませんがそれは直接片桐さんにお話ししたいので。でも、片桐さんの人生にとってとても大切なことだと思います」

「わかった。会えるかどうかわからないけど、これからちょっと捜してみる」

「心当たりがあるんでしょうか」

「まあ……」

「よろしくお願いします」

電話を切ったときに、ケーキの箱を持った玲花が店から出てきた。

この後、片桐を捕まえられたとしたら、今から東京に向かっておいたほうがいいだろう。

「玲花、ごめん。これから急用ができた」

中村が言うと、玲花が「はあ？」と眉根を寄せた。

「仕事休みじゃないの？」

「ああ……だけど、どうしても大切な用事なんだ」

「まさか、片桐って人のこと？」

中村が答えられずにいると、そうだと確信したようで、玲花の表情がさらに険しくなる。

「わたしたちのことより再犯者のほうが大切だっていうの？」玲花が信じられないという口調で言う。

「もちろんぼくたちのことのほうが大切に決まってる。だけどこのまま何もしなかったらずっと後悔しそうだ」

じっと目を見つめながら訴えかけると、玲花が大仰に溜め息を漏らした。

「しょうがない。行っておいでよ」

「ごめん。お父さんたち怒るよね」

「怒るに決まってるじゃない」

中村はしゅんとして顔を伏せた。

玲花に対してひどいことをしているのはわかっている。だけど、片桐にとってはこれが娘と話す最後の機会になるかもしれない。行動しないことで後悔するのはもうたくさんだ。

「でも一応、仕事熱心な人だからって伝えとく」

中村は顔を上げた。

「どんなふうに思うかはわからないけど」

「ありがとう。次にお会いしたときに必ず挽回する」

「わたしには？」

「もちろん。棺桶に入るときまで恩に着る」

「何それ。もしかしてプロポーズのつもり？」玲花が口もとを緩めて訊く。

中村は照れくさくなって頭をかいた。

「どうせだったらもうちょっと胸に響くようなプロポーズをしてよ。やり直しだからね」

「わかった」玲花に微笑み返すと中村は駅に向かった。

北山駅から仙台駅を経由して、東京方面の新幹線に乗った。宇都宮駅を過ぎた頃にポケットの中で携帯が震えた。

中村は席から立ち上がり、デッキに向かいながら電話に出た。

「いったい何なんだよ。昨日でお別れだって言ったはずだぜ」

不機嫌そうな片桐の声が聞こえた。

「さっきひかりさんから連絡があって、片桐さんに会いたいと言われました」

何も反応がない。

「もしもし、聞こえていますか？」電波が悪いのかと中村は声を発した。

「……ああ、聞いてるよ。どの面さげて会えるっていうんだ。勘弁してくれよ」

「怯む気持ちはわかります。会ったとしても優しい言葉をかけてもらえるだなんて期待しないでください。ただそれでも会わなければいけないとぼくは思っています。父親として片桐さんには子供の思いを受け止める義務があるんです。たとえそれがどんなに辛辣な思いであっても」

ふたたび沈黙が流れる。

「このチャンスを逃したらもう二度と会えないかもしれませんよ」

片桐は言葉を返さない。

「片桐さん！」

「わかったよ……どうすりゃいいんだ」片桐が苛立たしそうに言った。

「今、どちらにいらっしゃいますか」

「赤羽の近くだ」

この新幹線は一時過ぎに東京駅に着く。

「一時半に東京駅で待ち合わせをしましょう。駅構内の東海道新幹線中央改札口の前で。この番号を控えておいて、もしわからなかったらかけてください」

「ああ……」

電話を切ると、ネットにつないで新幹線の時間を調べてから、ひかりの携帯にかけた。

「片桐さんと連絡が取れました。三時三十二分着の新幹線で浜松駅に着く予定です」

「わかりました」と、ひかりの声が聞こえた。

「待ち合わせ場所はあまり人目がないところがいいと思います」

「浜松駅前に大きなデパートがあります。そこの駐車場でどうでしょうか。車で行きますので。白のワゴンRです」そう言ってひかりが電話を切った。

東京駅に着くと、中村は新幹線中央改札口に向かった。

片桐はすでに来ていた。行き交う人たちの好奇な視線にさらされながら、所在なさそうに立っている。

「お待たせしました」

近づきながら声をかけると、片桐がこちらに顔を向けた。怯えと寂しさが入り混じった迷子の子供のような眼差しをしている。

この人でもこんな目をするのだと、中村は意外に思った。

「切符を買ってきますので、ここで待っていてください」中村は片桐に言って切符売り場に向かった。


カップに残ったコーヒーを飲み干すと、中村は腕時計に目を向けた。午後五時半を回っている。

デパートの駐車場で片桐がひかりの車に乗ってから二時間近く経っていた。

待ち合わせの駐車場でそれらしい車を見つけて近づいていくと、ひかりが車から降りてきた。顔を合わせると、ひかりは唇を引き結び、射貫くような視線を片桐に向けた。だがすぐに、車に乗ってくれと片桐に手で示した。

親子ふたりで話したほうがいいと判断し、話が終わったら携帯に連絡をくださいと言い残して中村はその場から立ち去った。それから浜松駅に近い喫茶店にいる。

今頃ふたりはどんな話をしているのだろう。

ひかりの表情を見るかぎり、穏やかな再会のときは望めないだろう。だがそれでもこれからの片桐にとって、ほんの少しでも心のよりどころになるものであってほしいと願っている。

ポケットの中で携帯が震え、取り出した。公衆電話からの着信だ。

「もしもし、中村です……」

「おれだ。今から駅に行く」

片桐の声が聞こえ、すぐに電話が切れた。中村は鞄(かばん)と伝票を持って立ち上がるとレジに向かう。

駅で新幹線の切符を買い、改札口の前で待っていると、こちらに向かって片桐がやってきた。唇を固く引き結び、何かの思いに浸っているように思える。

中村は片桐に新幹線の切符を渡して改札を抜け、ホームに続くエスカレーターに乗った。

目の前に立つ片桐の背中を見つめていると、上着からかすかな匂いが漂ってきた。線香の匂いだろうか。

その匂いに触れながら、中村は今までのふたりの時間を想像した。

新幹線に乗り、二人席に片桐と並んで座った。

「陽子さんのお墓参りをしていたんですか」中村は訊(き)いた。

「ああ」

「それで……」

「もう罪は犯さないと誓った」

「そうですか」

「寝ていいか。疲れた」片桐がこちらから顔をそむけた。

漆黒の車窓に片桐の顔が映っている。寝ていないのはわかった。じっと自分の顔を見つめながら片桐は何を考えているのだろう。

一時間以上じっとしたまま沈黙していたが、もうすぐ品川(しながわ)に着くとアナウンスが流れると片桐が窓から正面に顔を向けた。

「片桐さん、これから『菊屋』に行きませんか。いつかおっしゃっていた卵でとじた焼きそばが食べたいです」

朝一番の新幹線に乗れば仕事に間に合うので、今夜も赤羽のホテルに泊まるつもりだ。

「これから用事があるから、おれは品川で降りる」片桐が立ち上がり、中村を乗り越えて通路に出た。

「用事って何ですか」

「野暮用だ」

「じゃあ、終わったら来てくださいよ。待ってますから」

片桐は何も言わずに歩きだし、すぐに足を止めた。こちらを振り向く。

「先生、ありがとう。感謝してるよ」

片桐は穏やかな笑みを浮かべ、デッキに向かって歩きだした。片桐の姿がなくなると、中村は車窓に目を向けた。

ふと、ホームを歩く男性のキャップに目を留めた。見覚えのある紺のキャップだ。片桐が歩いていったほうに向かう男性の顔を見つめた。

昨日、閉店後の『菊屋』で見かけた男性に似ている。

気のせいだろうか。

新幹線が発車すると、ちがう考えが頭の中を占めた。

東京駅に着いたら近くのデパートで玲花へのプレゼントを買っていこう。

今日の借りはけっこう高くつきそうだが、それでもいいやと思った。

第三章　松田ひかり

かれこれ一時間近く紳士服のフロアを歩き回っているが、なかなかいいものが見つからない。

ちょっと高級なネクタイやタイピンなどを見ていたが、そもそも父はほとんどスーツを着ない。仕事のときはいつも和装で、プライベートのときはジーンズにシャツというラフな恰好(かっこう)だ。

松田ひかりは腕時計に目を向けた。午後六時五十分だ。七時から伸司(しんじ)と約束をしているので、もう行かなければならない。

誕生日にはまだ二日ある。それに明日(あした)もこの近くに来る用事があるので、そのときにあらためて選ぼうか。

だけどその用事を済ませた後に、プレゼント選びをする気になどなれるだろうか。

あらためてそのことに思い至り、ひかりは重い気持ちになりながらエスカレーターに向かった。

途中であるものが目に留まり、ひかりは立ち止まった。興味をそそられて棚に近づいていく。棚にはいろんな種類の帽子が並べられている。その中から真っ先に目に留まったグレーの中折れ帽を手に取った。

これならば着物にも合うのではないだろうか。それに父はここのところ薄毛に悩んでいた。もうすぐ六十歳なのだから髪が薄くなるのもしかたないと思えるが、本人はしきりに鏡を覗き込んで気にしているようだ。

値札を見ると、税抜きで四万八千円。考えていた予算をはるかにオーバーしている。ひかりは帽子を見つめながら、これをかぶった父の姿を想像した。なかなかダンディーに映りそうだ。それ以上に恥ずかしそうにはにかむ父の顔が脳裏に浮かび、背中を押されるように帽子を持ったままレジに向かった。

カードで支払いをしてプレゼント用に包装してもらう間に、仲司に十五分ほど遅れるとメールを送った。商品を受け取ると急いでデパートを出る。

待ち合わせの場所は浜松駅の近くにあるイタリアンバルだ。仕事終わりに会うときはだいたいそこでお酒と食事を楽しんでいる。

店内に入ると、カウンターの一番奥の席で仲司が待っていた。

「遅くなってごめん。先に飲んでてよかったのに」ひかりは仲司の隣に座りながら言った。

「すぐに来るってことだったから。とりあえず赤ワインでいい？」

仲司に訊かれて、ひかりはためらった。

「今日はちょっと体調がいまいちだからとりあえずオレンジジュースにする」ひかりはそう答えた。

グラスが運ばれてきてとりあえず乾杯する。おいしそうに赤ワインを飲んでいた仲司が、ひかりの隣の席に置いた紙袋に目を向けた。

「何を買ったの？」

「大丈夫？」

「うん。昨日お父さんの付き合いでちょっと飲み過ぎちゃったかも」

ひかりが言い繕うと、特に不審に思わなかったようで仲司が店員に注文をした。

「帽子」

仲司が意外そうな顔をした。

ひかりが帽子をかぶっているところを見たことがないからだろう。

「お父さんに。日曜日、誕生日だから」

仲司が納得したように頷いた。

「そういえば……お父さん、今年還暦じゃなかったっけ」

「そう。だからちょっと奮発しちゃった。五万円もするのよ」

「そんなに？」仲司が驚きの声を上げた。

「でもすごく恰好いい中折れ帽なの。着物にも合いそうだし」

「ちょっと見てみたいな」仲司が興味を持ったように身を乗り出してくる。

「だめ。きれいに包装してもらったんだから」

ひかりがむくれて言うと、仲司が笑いながら赤ワインを口に運んだ。

「おれにも半分出させてもらえないかな。日曜日はおれも休みだし、一緒にお父さんの誕生日をお祝いするのはどうだろう」

　伸司の提案に、ひかりは言葉に窮した。

　今ふたりを引き合わせたら、自分の思いとは関係なく話がどんどん進んでしまうかもしれない。

「あの話……やっぱりお父さんが反対してるのか？」それまで笑みを絶やさなかった伸司が真顔になった。

　二週間前に伸司からプロポーズをされた。だが、少し考えさせてほしいと返事を延ばしたままにしている。

「おれ、本気なんだよ」伸司が真剣な眼差しで見つめてくる。

　それはよくわかっている。

　ひかりは一人娘で、実家は明治時代から続く老舗の呉服店を営んでいる。伸司はひかりがすぐにプロポーズを受けなかったのを、家業を継ぐ者がいなくなると父が反対しているからだと思ったようで、今の仕事を辞めて呉服店を継いでもいいとさえ言ってくれた。

「現実的じゃないよ。伸司のご両親だってきっと納得しないでしょう」ひかりは伸司から視線をそらした。

　伸司も一人っ子だ。しかも浜松市内で有名な製菓会社の創業者の御曹司だ。今は営業部の一社員として働いているが、いずれは仲司に会社を任せたいと両親も思っているにちがいない。

「簡単な気持ちでプロポーズしたわけじゃない。付き合い始めてからお互いの家のことをさんざん考えたさ」

仲司とは三年の付き合いになる。出会ったきっかけは友人の結婚式だ。新婦はひかりが一番仲良くしていた高校の同級生で、新郎の一番の友人が仲司だった。ふたりで二次会の幹事をつとめたことから親しくなった。

浜松に住む者なら誰もが知っている会社の御曹司だというのに、仲司には気取ったところも偉ぶったところもなかった。むしろ新郎の友人の誰よりも気遣いのできる人だと、出会ったその日から好意を抱いた。付き合い始めてからもその思いが崩れることはなかったし、父も仲司の人柄に好感を持っている。

「ひかりと付き合い始めてから、親にはそれとなく会社は継がないかもしれないと言い含めてきたんだ。今では親父(おやじ)も、別に無理して継がなくてもいいと言ってくれてる。ただおれもいい年齢だから、やりたい仕事があるなら早めに決断しろって」

「呉服店を継ぐって言っても簡単じゃないよ」

「そんなことは百も承知だよ。だけどひかりとずっと一緒にいたいから決断したんだ。それにお父さんのことも大好きだし。うまくやっていける自信がある」

自分にはもったいないほどの思いだが、受け止めることができない。

ひかりも伸司のことが大好きだ。ずっと一緒にいたいという思いもあるし、伸司と家庭を持つ姿を想像することもある。だけど……。

「おれのこと、好きじゃないか？」

不安そうに伸司に訊かれ、ひかりは首を横に振った。

「じゃあ、うちの親が問題なのか？」

ひかりはさらに強く首を横に振る。

何度か伸司の実家に行ったことがあるが、両親とも穏やかで優しい人だと感じた。

「じゃあいったい……」

「不安なの」ひかりは呟いた。

「不安？」

「結婚してもいい奥さんになれるか、子供ができてもいい母親になれるか、自信がない……」

伸司に初めて自分の本心を告げた。

「もしかして、お母さんを小さいときに亡くしているから？」

伸司は少し勘違いをしている。初めてひかりの実家を訪れたとき、伸司は母と祖父母の仏前に手を合わせてくれた。母の遺影は二十歳そこそこにしか見えないからそう思ったのだろうが、実際に母が亡くなったのはひかりが十八歳のときで、享年は四十五歳だった。

「お互いに経験してないことなんだから結婚生活に不安を感じるのはわかるよ。おれだってそうだ。いい夫になれるか、子供ができてもいい父親になれるか」

「伸司は間違いなくなれるよ」

たとえ相手が自分でなかったとしても、伸司はいい家庭を築けるはずだ。

「少なくともそうなれるようにがんばる。ひかりだってきっとそうなれるはずだ。だからプロポーズしたんだ」

「ありがとう。でも……」ひかりはそこで言葉を濁した。


助信駅に降り立つと、ひかりは家に向かって歩きだした。アルコールは一滴も飲んでいないが、足もとが妙に重く感じる。

たった数十グラムといっても、自分のからだに宿ったもうひとつの命がその重さを感じさせるのだろうか。

一週間前、生理の遅れが気になり妊娠検査薬を試した。結果は陽性ですぐに産婦人科を訪ねると妊娠していると告げられた。

自分のからだに宿っていると言っても、ひかりだけの子供ではない。自分の思いだけで勝手に堕胎するのがどうにも罪深いことに思え、それをきちんと話すつもりで伸司に会うことにした。だけどけっきょく話すことができないまま別れた。

ドアを開けて玄関に入ると、家の中は真っ暗だった。

そういえば今夜は商店会の集まりがあると言っていたから、父はまだどこかで飲んでいるのだろう。

ひかりは玄関を上がると自室に向かった。父のプレゼントをクローゼットに隠し、着替えをする。

下から玄関のドアを閉める音が聞こえ、ひかりは部屋を出た。玄関で父がゆらゆらとからだを揺らしながら靴を脱いでいる。

「おかえりなさい。楽しかった？」

ひかりが声をかけると、父が陽気そうに手を上げた。父の赤ら顔を見て、塞いでいた心が少しだけ和らいだ。

「来月の旅行のことであれこれとな」

この商店街では年の暮れに店主が集まって慰安旅行をしている。昔からの仲間だけで気兼ねなく楽しんだほうがいいと思ってひかりは参加しないことにしているが、今年は熱海だそうだ。

「楽しみだね。おみやげよろしく」ひかりは微笑んだ。

「今年はひかりのぶんの部屋も取った」

「そうなの？」

「伸司くんとデートの約束でもしてるのか？」

「来月の予定までは決めてないけど」

「それじゃ決まりだ。一緒に旅行する機会なんかこれからあまりないだろうしな」父がよろよろとダイニングに入っていき、椅子に座った。

「けっこう飲んだんでしょう」

ひかりが水道の水をコップに注いでテーブルに置くと、父がひと息に飲み干した。

「もう一杯飲む?」ひかりは訊いた。

「ビールがいいな」

「お腹は?」

「ちょっと小腹が空いてるかな」

ひかりは冷蔵庫を開けて中を見た。もやしとキャベツと麺があるから焼きそばができそうだ。

缶ビールと食材を冷蔵庫から出すと、ビールとコップをテーブルに置いて料理を始めた。

「明日の午前中なんだけど……ちょっと用事ができたからお店を任せてもいいかな」ひかりは父の前に焼きそばを置きながら言った。

できれば店が休みの日曜日に予約を入れたかったが病院はやっていない。

「ああ、別にかまわないけど、何の用だ?」

「友達から相談事をされて話を聞いてくる。二時にはお店に戻れると思うから」

「わかった。飲むか?」父が缶ビールを持ち上げて訊く。

「いい。ちょっと飲み過ぎたから」

ひかりは冷蔵庫からペットボトルのウーロン茶を取り出すと父の向かいに座った。

「伸司くんと飲んでたのか？」

父に訊かれ、ひかりは頷いた。

「彼とはどうなってるんだ」

「どうなってるって？」ひかりは父に目を向けた。

「付き合って三年ぐらいになるだろう。そろそろ結婚とか考えないのか」

「わたしがお嫁に行ったらお店はどうなるのよ」ひかりは軽く笑いながらかわした。

「別に店のことなんか考えなくていいさ」

事もなげに父に言われ、ひかりは啞然とした。

「考えなくていいわけないじゃない。先祖代々続いてるお店なんだよ」

「まあ……ひかりが何人か子供を産んで、その中の誰かがやりたいって言ってくれたら継いでもらうさ」

子供という言葉に思わず反応してしまったが、父は何も気づかなかったように焼きそばに箸を伸ばしている。

「そんな先の長い話……お父さん、その頃いくつになってると思う？」

ひかりが言うと、父がこちらを見てかすかに笑った。

「伸司くんはいいやつだよ。ひかりをきっと幸せにしてくれるだろう。それと引き換えならばお父さんの代で店を閉めたとしても本望だ」

そこまで思ってくれていたのだ。

熱い思いがこみ上げてくると同時に、それに応えられない自分が辛くなり、ひかりは顔を伏せた。

「もしかして養子だということを気にしてるのか？」

父に訊かれたが、ひかりは焼きそばの皿を見つめたまま黙った。

「たしかに結婚を考えるとなると、伸司くんや親御さんには正直に話さなければならないだろう。だけど、ひかりがお父さんの子供であるのは間違いない。どんな親よりもひかりのことを大切にしてきたつもりだ。何ら気後れすることはない」

「これっぽっちも気後れなんかしてないよ。むしろお父さんの子供で本当によかったと思ってる」

「じゃあ……」

父がそこで言葉を切ったので、ひかりは顔を上げた。

「やつの存在を不安に思ってるのか？」父が笑みを消して訊いた。

やつ——片桐達夫のことだろう。

その不安がまったくないと言えば嘘になる。

たとえ自分を捨てたとはいえ、その男が実の父親であることは事実だ。

いつ何時ひかりの前に現れて金を無心するかもしれないし、そのためなら何をしでかすかわかったものではない。実の父親が前科者だということを脅迫のネタにすることだって考えられる。もし、ひかりが有名な会社の御曹司と結婚したとなればなおさらだろう。

「安心しろ。もしやつがひかりの前に現れたら命に代えてもお父さんが守ってやる。ひかりのお父さんはおれだけだ」父がそう言いながら力強く頷きかけてきた。

電気を消して布団の中にもぐったがなかなか眠れない。

明日の光景を想像してしまったせいかもしれないし、ひさしぶりに片桐のことを考えて気持ちが昂（たかぶ）ってしまったからかもしれない。

片桐の記憶はまったくといっていいほどない。

高校に入るまで、ひかりは自分の出生について本当のことを知らなかった。今の父が実の父親で、物心ついたときにはすでにいなかった母は、父の言うとおり離婚してからどこにいるのかわからないのだと信じ込んでいた。

初めて自分の出生の真実や母の現在のことについて知らされたのは、ひかりが高校に入学してしばらく経った頃だった。

夕飯を食べ終えてテレビを観ていると、父が神妙な顔で「ひかりに話したいことがある」と言ってきた。父はテレビを切り、ひかりに向き合って座ると、「今までひかりに嘘をついてきた」と頭を下げた。それからの父の話はひかりにとって衝撃的なものだった。

父はひかりの本当の父親ではないという。父は母の兄、つまりひかりにとっては伯父だと聞かされ、取り乱しそうになった。

「本当のことを話すとショックを受けると思って、ひかりが大人になるまで待っていた」と父は辛そうに顔を歪めた。

かろうじて正気を保ち、ひかりは本当の父親のことを訊ねた。

父は「実の父親はどこで何をしているのかは知らないが、母親にはすぐに会うことはできる。だけど会ったら辛い思いをするだろう。それでも会いたいというなら会わせよう」と言った。

父のただならない様子に怯んだが、ひかりは母に会うことにした。

翌日、ひかりは実家から車で三十分ほどのところにある病院に連れていかれた。病室に入りベッドで寝ている女性を見た瞬間、頭の中が真っ白になった。

「これがお母さん？」とひかりが信じられない思いで問いかけると、父は唇を噛み締めて頷いた。

ベッドに寝かされている女性の頰は削げ落ち、閉じられた目のまわりは深く落ち窪み、口と鼻にはチューブが差し込まれている。かろうじて呼吸する音が聞こえるだけで、ぴくりとも動かない。

「本当のことを知らせるべきかどうかさんざん悩んだ。だけどいつかはわかってしまう」

　父はそう言ってベッドの横に椅子を用意してひかりを座らせた。父はひかりの隣に座り、ベッドの母を見つめながら、ひかりを引き取るまでの出来事を訥々と話し始めた。

　母は高校を卒業してから家業の呉服店を手伝っていたが、二十一歳のときに家を飛び出したという。

　自分に対して何かと厳しく、しかも望まない相手との結婚を強引に進めようとしていた祖父への反発が理由だったらしい。

　母にとってそれは初めての自己主張だったようだ。子供の頃から引っ込み思案で、高校卒業後にすぐに家業を手伝うぐらいだ。それほど親の選んだ相手と結婚するのが嫌だったということであろうが、父は家を出ていった母がひとりでやっていけるのかとことさら心配していたという。

　幼い頃から一緒に暮らしていた祖父は三年前に亡くなったが、たしかにしつけに厳しいところがあり、ひかりにとっても怖い存在だった。祖父の口からひかりの母についての話は聞いたことがない。

　母は偽名で兄である父に手紙を出して定期的に近況を伝えていたが、父がいくら説得しても実家に戻ろうとはしなかった。

　実家を飛び出してから三年ぐらい経った頃、父のもとに『結婚を考えている人がいる』という母からの手紙が届いた。父はそれならば実家に連れてきて紹介するべきだと母を手紙で説得して、祖父と引き合わせる段取りをつけた。

母は結婚相手の片桐を連れて実家にやってきた。片桐は子供の頃に親に捨てられ、施設で育ってきたという。そんな境遇からぐれてしまい、十代の頃には何度か警察の厄介になったこともあったと、自分の身上を正直に話したそうだ。それを聞いた祖父はふたりの結婚に猛反対した。

母も片桐も何とか結婚を認めてもらおうと必死に訴えたそうだが、祖父は結婚するというなら親子の縁を切ると激昂してふたりを追い返した。

父はそれからも母と手紙のやりとりを続けた。結婚してひかりが生まれたことを知ると、父はふたりに肩入れして、何とか片桐を結婚相手として認めさせようと祖父の説得に奮起した。生い立ちはどうであれ、その当時の片桐は悪い人間には見えなかったという。何より父は、妹である母の幸せを誰よりも願い、応援したかったのだ。

だが、父のそんな思いは裏切られることになる。

ある日、店にかかってきた電話に父が出ると、女性の意味不明な叫び声が聞こえてきた。

「魔物が……たくさんの魔物がひかりを、殺される！　早く助けて！」

どうやら母だと察して「どうしたんだ」と問いかけたが、それから先は受話器越しに奇怪なわめき声が聞こえるだけで話にならなかった。

父は母たちが住む浦和の警察署に連絡して事情を話すと、祖父を伴って埼玉に向かった。

浦和にある団地の前に着くと数台のパトカーが停まっていて、父たちは警察官から母が五階の部屋から飛び降り自殺を図り病院に搬送されたことと、部屋にいたひかりを警察署で保護していることを知らされた。

ふたりはすぐに病院に向かったが、母は集中治療室に入れられ面会謝絶だった。母はかろうじて一命は取り留めたが、転落した際に脳に大きなダメージを負って植物状態になってしまい、意識を取り戻すのは万に一つもないだろうと医師から宣告されたという。

自殺未遂ということでニュースにこそならなかったが、母の体内からかなりの量の覚醒剤反応が出て、警察の捜査で覚醒剤とそれを使うための注射器が部屋から押収されたそうだ。

父は電話をかけてきたときの母の言葉から、覚醒剤の幻覚でひかりを殺してしまうかもしれないと思い、自ら五階の部屋から身を投げたのではないかと考えた。

父は夫である片桐と連絡を取ろうとしたが行方はわからなかった。翌日、一週間前に人を刺して逮捕され警察に勾留中だということを知った。

警察から釈放されるのを待って、父は片桐に会いに行った。父はそのまま片桐を病院に連れていき、ベッドで眠る母の前で「どういうことだ！」と問い詰めたが、片桐は「何もわからない」と繰り返すばかりだったという。

片桐は裁判が終わるまでひかりを預かってほしいと父に頼んだ。

警察では片桐が覚醒剤を入手して母に与えた可能性もあると捜査されたようだが、けっきょく裁判では傷害事件のみ裁かれた。懲役一年六ヵ月の判決が下ったが、執行猶予がついたので刑務所に入ることはなかった。

裁判が終わると片桐はそれまで住んでいた部屋を引き払い、連絡が取れなくなってしまったという。

父はしかたなく母を浜松の病院に転院させ、ひかりの面倒を見るしかなかった。

それからしばらく経った頃、片桐が誘拐事件を起こして逮捕されたと新聞やニュースなどで報じられた。

次々と犯罪に手を染める姿を突きつけられた父は、警察の捜査では判明しなかったが、母に覚醒剤を無理やり与えたのは片桐にちがいないと思うようになった。母が自ら覚醒剤に手を染めるとはやはり考えられないと。いや、万が一に母が自ら覚醒剤をやったとしても、それは片桐と結婚してしまったせいだと。

自分は片桐という男を完全に見誤っていたと、父は激しく後悔した。祖父と同じような考えで、無理やりにでもふたりの仲を裂いていれば、母がこんな目に遭うことはなかっただろうと。

ある日、懲役八年の刑で刑務所に服役していた片桐から父のもとに手紙が届いた。

『刑務所に面会に来てほしい』というものだった。

父は片桐の顔など見たくなかったというが、それでもどうしてもおかなければならないことがあり、北海道にある刑務所まで面会に行くことにした。

面会室で顔を合わせるなり、片桐は父が言おうとしていたことを先に言ったという。

「おれはこんなだから、ふたりの面倒はもう見れないっす。担当した弁護士に離婚届と養子縁組届を預けてるんで、取りに行ってください」

殴りつけたい衝動に駆られたが、ふたりの間はアクリル板で遮られ、自分の思いを果たすことができないまま父は刑務所を後にしたという。

「ひかりの本当の父親はわたしだ。いや、本当も何もひかりの父親はわたししかいない」

父の言葉を聞きながら、ひかりもそう思っていた。そして幼い頃から自分を引き取り、辛(つら)いながらも本当のことを話してくれた父に感謝した。

ひかりはそれから定期的に母の見舞いに行った。言葉を発することもなく、表情を変えることもない母を見つめながら、ひかりに対してどんな思いを抱いていたのかを想像しようとした。だが、その思いがわかることもないまま、ひかりが十八歳のときに母が亡くなった。

実家を飛び出してからの母の写真がなかったので、呉服店を手伝っていた若い頃の写真を遺影にするしかなかった。

ひかりは母の遺影を見るたびに、どうにもやるせない思いに駆られた。

父や祖父に結婚したいと言ったとき、母は片桐との幸せな未来を思い描いていたにちがいない。だが、祖父に絶縁されてまでついていった男に人生を奪われたのだ。

伸司が片桐のようなことをするとは断じて思えない。だけど母もある時期までは片桐のことを信頼していたはずだ。それを思うと、誰かとともに新しい未来に足を踏み出す勇気など持てない。

父は母のことを悪く言ったことはない。母はきっとひかりのことを大切に思っていた、そうでなければ飛び降りることはしなかったはずだと、ひかりに言い聞かせていた。

だけど母のことをほとんど覚えていないので確信は持てない。

母はひかりに愛情を注いでくれていたのだろうか。だけどもしそうであるならばどうして覚醒剤なんかに手を出してしまったのか。片桐に無理やりさせられそうになったというなら、逃げることだってできたはずだ。

けっきょくひかりのことよりも、自らの快楽に溺（おぼ）れてしまっただけではないのか。

母の愛情を実感できなかったせいか、子供ができたとしても自分がその子に愛情を注げるのか自信が持てない。

伸司にはけっきょく告げられなかったが、自分の選択は間違っていないはずだ。

病院の前で立ち止まると、ひかりはあたりを見回した。知っている人がまわりにいないのを確認してドアを開けて中に入る。受付に近づいていくと、中にいた女性が顔を上げた。

「九時に予約していた松田です」

ひかりが言うと、受付の女性が後ろの棚からカルテを取り出した。

「同意書はお持ちでしょうか」

受付の女性に言われ、ひかりはバッグから紙を取り出した。

「あの……相手と連絡が取れなくなってしまって……」ひかりはためらいながら言った。

「相手の同意がなくても手術を受けることはできます。そちらでお待ちください」

女性に同意書を渡して、ひかりは受付の前にあるベンチに座った。隣にいる子供連れの女性と目が合い、気まずさに視線をそらす。

「あとどれぐらい寝たら弟ができるの？」

その声に、ひかりは思わず目を向けた。子供が母親の大きくなったお腹を優しく撫(な)でている。

「そうねえ……あと三十回ぐらいかな」

「楽しみー」

親子の会話を聞いているうちに、自分がこれからひとつの命を殺そうとしていることをあらためて突きつけられる。

ふいに母の顔が脳裏をよぎり、ひかりは弾(はじ)かれたように立ち上がった。

隣の親子が驚いたようにこちらを見ている。ひかりは親子に軽く会釈をして受付に向かった。

「申し訳ありません。急用があったのを思い出して、またあらためて予約させてください」

受付の女性から同意書を返してもらうと、ひかりは逃げるように病院を後にした。


母はひかりに対してどんな思いを抱いていたのだろう。

病院を出てから、高校生のときに散々考えたことがとめどなくあふれ出してくる。

母はひかりが生まれることを望んでいたのだろうか。一時であっても母に愛されていたのだろうか。愛してくれていたから、父が言ったように、ひかりを守るために自らの身を犠牲にしたのか。もしそうだとしたら、自分の命を捨ててまで子供を守ろうとする気持ちとはどういうものだったのだろうか。誰か教えてほしい。

店の引き戸が開く音がして、ひかりは我に返って目を向けた。

背広姿の男性が店内を見回している。見たところ自分と同世代に思える。

「いらっしゃいませ」

ひかりは声をかけたが、男性は所在なさそうに店内を見回している。

どうやら一般的な呉服店とちがうことに戸惑っているようだ。この店では相手の要望を聞きながら奥の棚から反物を出しているので店内に商品は展示していない。

「着物をお探しでしょうか」

ひかりが声をかけると、男性がこちらに顔を向けた。慌てたように話しだす。

「こちらに松田陽子さんというかたはいらっしゃいますか」

母の名前だ。

近づいてきた男性に名刺を渡され、ひかりは目を向けた。『坂内法律事務所　弁護士中村尚』と書いてある。住所は宮城県仙台市だった。

弁護士が、亡くなった母にいったい何の用があるというのだ。

母はすでに亡くなったと告げると、片桐達夫という名前を出されてぎょっとした。同時に仙台の弁護士が自分たちを訪ねてきた理由を察する。

片桐が逮捕されたので、裁判で自分たちを情状証人として呼び出そうというのだろう。

「弁護士さんの世話になっているということですね」ひかりは突き放すように言った。

「たしかにぼくは五年前に片桐さんの弁護をしました。ただ、今はその罪を償って出所されています」

罪を償って——。

心の中でその言葉に強く反発する。片桐は母への罪を償ってなどいない。

「片桐さんは三十二年前から刑務所を出たり入ったりの生活をしています。とうぜん家族もいません。ぼくから見れば人生を投げ出してしまっているようにも映ります」

三十二年前に母の人生を奪い、ひかりを捨ててから、片桐は何も変わっていないということか。身内だと考えればやるせない思いにもなるのだろうが、今の自分からすれば片桐という人間にはうってつけの報いのように思える。からだの中が煮えたぎるように熱くなった。

「聞かされてきたとおり、ろくでもない人ですね。そんな人の血が自分にも流れていると考えただけでぞっとします」ひかりは嫌悪感をむき出しにして吐き捨てた。

片桐にやり直すきっかけを与えてほしいと頭を下げる中村に対し、ひかりは強い言葉で拒絶した。

片桐が孤独にのたれ死んだとしてもそれで怒りが消えるわけではない。それでも少しは気が晴れるだろう。

「よくわかります」

その一言で一気に頭へ血が昇る。いったい何がわかるというのだ。

「ぼくの父親もろくでなしでしたから」

ひかりは意表をつかれ、喉まで出かかっていた言葉を飲み込んだ。

中村はそれから自分の父親の話を始めた。父親は小さな子供がいるというのに酒とギャンブルと女に溺れ、妻にさんざん苦労をかけてきたという。離婚してからも度々元妻のもとを訪ね、泣き言を言いながら金の無心をしていたそうだ。

たしかに片桐ほどではないが、中村の父親もろくでもない男だ。

中村の父親は元妻が亡くなったことを知らされても、お悔やみの言葉ひとつもかけることなく立ち去ったという。そしてやがて、中村の職場にまで金の無心に現れたそうだ。

「ぼくは『二度とぼくの前に顔を出さないでくれ』とだけ言い放ち、父を追い返しました。それから一週間後に警察から連絡がありました。父が電車に飛び込んで自殺したと」

自殺——という言葉に動揺した。

「今でも後悔しています」中村が呟（つぶや）くように言う。

何に後悔しているのかと問いかけたひかりに、「しっかりと怒りをぶつけていれば、もしかしたら何かが変わっていたんじゃないかと後悔しています」と中村は答えた。

もしあのときひかりがもっと大きく、片桐にしっかりと怒りをぶつけられる年齢だったなら、母の人生も変わっていたのだろうか。

だが、そんなことをいくら想像しても何の意味もない。

母はもうこの世にいないと、ひかりは顔を伏せた。

「たとえ許すことができなかったとしても、ぼくはあのとき父に何かを伝えるべきでした」

中村の言葉は切実だった。無視できない強さがひかりにも感じられたが、だからといって片桐に会おうとは思わない。

「お母さんは片桐さんに対してどのような思いを抱いていたんでしょうか。それを伝えるだけでも……」

その言葉に反応して、ひかりは顔を上げた。

それをひかりが知ることはできない。おそらく恨んでいたのだろうと想像するだけだ。

自分の家族の恥部をさらけ出してまで、過去の依頼人のこれからの人生を考えている中村に少なからず敬意を抱いた。でも……。

「今のわたしはあの人に何かを伝えたいとは思いません。忘れたいだけです」

過去の苦しみを思い出させる片桐や中村には、二度と目の前に現れてほしくない。

「二年前に結婚して子供もいます。関わり合いたくないんです」

その願いを込めて嘘をついた。

「ごめんなさい……」

「いえ……ぼくのほうこそ、ごめんなさい」恐縮したように頭を下げて中村が店を出ていった。

ノックの音がして、ひかりは布団から顔を出した。

「体調でも悪いのか？」ドアの向こうから父の声が聞こえた。

時計に目を向けると、もうすぐ午前十時になろうとしている。いつもならとっくに起きて洗濯などをしている時間だ。

「大丈夫。読みだした本がおもしろくて夜更かししちゃっただけ。着替えたら行くから」

「気にしなくていい。疲れてるならそのまま寝てていいんだぞ」

階段を下りていく音を聞きながら、ひかりは父の言葉に甘えることにして、ふたたび布団の中に顔を埋めた。

昨日の中村との会話を思い返しているうちに朝方まで眠れなくなってしまった。

今でも後悔しています——という言葉が胸から離れない。

いつか片桐がどこかで死んだと知ったら、ひかりも中村と同じように後悔することになるのだろうか。子供として不甲斐(ふがい)ない親にしっかりと怒りをぶつけていたら、もしかしたら何かが変わっていたんじゃないかと。

ひかりは片桐に変わってほしいとは思っていない。むしろ母やひかりにしたことの報いを受けて、檻(おり)の中で朽ち果てればいいと願っている。

だけどこのままで本当にいいのだろうか。一生自分の視界にあの男の姿が映りさえしなければ、それでいいのだろうか。

片桐に対してどんな罵(のの)りの言葉を浴びせかけたとしても、自分の中で劇的に何かが変わるとは思えない。ただ今となっては、母の無念の思いを片桐にぶつけられるのは自分しかいないのだ。

片桐はどうせまた刑務所に戻っていくのだろう。何の償いの気持ちも持たないまま、刑務所の中でただ生きているだけの無為な時間を過ごすために。

そんな男に自分がしてきた罪を考えさせたい。ほんの少しでもいいから片桐の心に母と自分を捨てた報いという傷跡を残したい。

ひかりはベッドから起き上がると机に向かった。引き出しを開けて中村の名刺をつかみ、携帯で法律事務所にかける。電話がつながり、留守電のメッセージが流れた。土曜日と日曜日は休みのようだ。

　名刺には携帯番号も記されている。そちらに電話をかけた。

「もしもし、中村です……」

「突然すみません。松田屋の……」

「ひかりさんですね？　どうされましたか」

　驚いたような声が聞こえた。

「あの人に会いたいと思ってお電話しました」

　ひかりが言うと、しばらく沈黙が流れた。

「難しいでしょうか？」

　あまりにも長い沈黙に、ひかりはふたたび声を発した。

「いえ……ただ、直接お会いしたらショックを受けられるかもしれません」

「どうしてですか」

「片桐さんは顔中に刺青（いれずみ）を入れています」

　中村の言葉を聞いて、鼓動が速くなった。

　顔中に刺青を入れている――。

　父からはそんな話を聞いたことがない。しかし、その言葉に導かれるように、昔の記憶がよみがえってきた。

　高校生の頃、母の見舞いを終えて病院を出たときに、向かいの歩道にいた男と目が合い、思わず身震いした。

顔中に刺青を入れた怖そうな男だった。

男はこちらから目をそらそうとせず、ひかりは不気味になって逃げるようにその場から走り去った。

まさか、あのときの男は片桐だったのか？

いや、そんなことはありえない。片桐はひかりと母を捨てたのだ。そんなところにいたとは考えられない。

「かまいません」気を取り直してひかりは答えた。

「ちなみに今日のご予定は？」

「大丈夫です」

夜に帰って父の誕生日を祝えればいい。

「片桐さんに連絡を取って折り返します」中村が言って電話が切れた。

駐車場に車を停めると、ひかりは時計に目を向けた。午後三時二十分を少し過ぎている。

中村は三時三十二分に浜松駅に着くと言っていたが、片桐はひかりと会うことを本当に同意したのだろうか。だが、中村から連絡がないということは片桐も一緒なのだろう。

あと十五分ほどで片桐が自分の前に現れる。中村の電話があってから片桐に投げつける言葉をずっと考えているが、頭の中で整理できていない。

じりじりとした時間を嚙み締めているうちに、ふたりの男が駐車場に入ってくるのが見えた。背広姿の男はまわりにある車に目を配っていて、隣の男は顔を伏せたままこちらのほうに近づいてくる。

ひかりは唇を強く結ぶとドアを開けて車から降りた。中村がこちらに気づき、「こんにちは」と会釈すると、隣の男が顔を上げた。

男と目が合い、ひかりは息を吞んだ。

びっしりと豹柄模様の刺青をした顔を見て、あのとき病院の前にいた男だと確信する。

どうして片桐はあんなところにいたのだろう。いまさらながら母に会って懺悔しようとしたのか。それともひかりを介して父に金の無心をしようと思ったのか。

ひかりが射すくめるように見ると、片桐がわずかに視線をそらした。右手で頭をかきむしり、頭上に向けてあくびを漏らす。

ひかりの殺気を感じたように、中村があたふたと双方に視線を配る。

「あ、これよかったら飲んでください」

中村が鞄の中から缶コーヒーをふたつ取り出して、ひかりと片桐に差し出した。

「じゃあ、片桐さん……ぼくは駅の周辺にいますので、お話が終わったら携帯に連絡をください」

片桐が缶コーヒーをポケットに突っ込みながら頷くと、中村は少し安堵したような顔で踵を返した。駐車場の出口に向かって歩いていく。

「ここで立ち話か？」

ぼそっとした声に、ひかりは片桐に目を向けた。何も答えずにそのまま運転席に乗り込むと、カップホルダーに缶コーヒーを置いた。片桐が助手席のドアを開け、背負っていたリュックを後部座席に放り込んで隣に座る。

片桐がドアを閉めた瞬間、息苦しさに襲われた。同じ空気を吸っているという嫌悪感を少しでもまぎらわせようと、ひかりは運転席のウインドーを下ろした。

外の空気に触れて少し冷静さを取り戻すと、上着のポケットに右手を突っ込みながら片桐を見た。ポケットの中でいざというときのために持ってきたペティナイフの柄を握りしめる。

片桐はひかりと目を合わさず、ポケットから煙草を取り出した。

「ここで吸わないで」

ひかりが鋭く言うと、片桐がしかたなさそうに顔を歪めて煙草をポケットに戻した。代わりに缶コーヒーを取り出して、カップホルダーに置く。

右手だけでプルタブを開けようとする動作に違和感を抱き、ひかりは片桐の左手に目を向けた。ジャケットの袖から出た左手はあきらかに生身のものではない質感に映った。

「義手……」

ひかりが呟くと、片桐がこちらに目を向けた。

「工場の機械ですっぱりとやっちまってな。時折ずきずきと痛みだすんだ」片桐がさもおかしそうに言う。

「天罰ね」

ひかりが言った瞬間、片桐の笑みが消えた。

「そうだな」

そのことは自覚しているのか、片桐が硬い表情で缶コーヒーを飲んだ。

「陽子はいつ亡くなったんだ」

「十四年前」

「墓はこの近くなのか？」

ひかりは答えなかった。

「おまえの頼みを聞いてこんなところまでやってきたんだ。それぐらい教えたっていいだろう」

「そうよ」しかたなく頷いた。

母が亡くなったとき、片桐に伝えるべきかどうかを父に話したことがあった。だがその一年前に、新聞記事で片桐が誘拐事件を起こして逮捕されていたのを知っていた父はその必要はないと一蹴した。

そういえば病院の前で片桐に会ったのはその事件を起こす直前だった。

何のためにあんなところにいたのだろうか。やはり金の無心をするために、父かひかりが現れると踏んで病院の前で待ち伏せていたのか。だがひかりを捕まえることができず、金に困って事件を起こしたのかもしれない。

「連れていってくれ」

片桐に言われ、ひかりは迷った。

たとえ墓であってもふたりを引き合わせることに深いためらいがあるが、母の墓前で片桐の罪深さを突きつけてやりたい思いもある。

「わかった」

ひかりはポケットから右手を出すと、ギアをドライブにして車を出した。

「名前は何て言うんだ」

片桐が訊いてきたが、何を言っているのかすぐには理解できなかった。

「子供ができたんだろう」

心臓が跳ね上がった。

「嘘よ」

子供がいるというのは中村にとっさについた嘘だ。しかし、お腹の子のことを見透かされているような気がして動揺した。

「結婚してるっていうのもか？」

「親に捨てられる経験をしたらそんな気持ちになんてとてもなれない」

しばらく待ったが片桐から言葉は返ってこない。

「十五年ぐらい前、あなたのことを見かけたことがある。お母さんが入院してた病院の前で。あそこで何をしてたのよ」

「子供がどんなふうに成長しているのかを知りたくてはるばるやってきた。そう言ったら泣いてくれるか」

「そんな話、信じられるわけないじゃない」

「おまえに会ったのはあのときだけだったが、刑務所を出たらとりあえずあそこに行くことにしてた。五年前も、十五年前も、二十四年前も……初めてムショに入る前に兄貴の後をつけて陽子があそこにいることを知ってたからな」

「五年前にはお母さんはすでに亡くなってた」

「知らなかった」

「お母さんに会いたかったならお父さんを訪ねればよかったじゃない。うちの実家は知ってるんでしょう」

「もしおまえに会ったら決心が鈍りそうだったからな」

「決心？　何の決心よ」

「何でもいいじゃねえか。ところで父親とは楽しくやってるのか」

「ええ」

「そりゃよかった。おれとちがってまっとうな人だからな。安心して任せられた」

「任せられた？　あなたはわたしを捨てただけでしょう」

「そうだな」

それから片桐は押し黙った。ひかりも運転に集中しようと話をしなかった。

霊園の駐車場に車を停めると、片桐はドアを開けて後部座席に置いたリュックを手にした。ドアを閉めた片桐が駐車場の外にある花屋に顔を向ける。

「おれが行くと怖がられるだろうから花と線香を買ってきてくれ」片桐がポケットから札を数枚取り出してこちらに手を伸ばした。

ひかりはそれを受け取らずに花屋に向かった。花と線香を買うと片桐とともに霊園に入っていく。夕闇が差し始めた時間とあってか、人の姿はほとんどない。

ひかりは松田家の墓の前で立ち止まった。この下に祖父も母も眠っていると思うと、どこか不思議な気持ちになる。

片桐に目を向けると、じっと墓石を見つめていた。だが、心の中でどんなことを思っているのか窺い知ることはできない。

ひかりは墓の前に花と線香を供えて手を合わせた。

母は片桐をここに連れてきたことをどう思っているだろうか——。

けっきょくわからないまま目を開けて立ち上がった。振り返ると、片桐が煙草を吸っている。

ひかりは線香を差し出したが、片桐は受けとらずに煙草を吸ったまま墓の前に近づいていく。しゃがむでも合掌するでもなくその場に立ち尽くす片桐の背中を見つめた。

ようやくこちらを振り返った片桐と目が合い、ひかりははっとした。

先ほどまでの険しさはない。父や伸司が自分に向けるものと同じ、心を温かくさせるような眼差し（まなざし）に思えた。

「お母さんはどうして覚醒剤（かくせいざい）なんかに手を出してしまったの？　あなたが無理やりそうさせたの？」

「その頃のことを覚えてないのか？」

片桐に訊かれ、ひかりは頷いた。

「当たり前でしょう。赤ちゃんの頃だもの」

「それならば知る必要はない。おまえの今の父親が教えたことがおまえにとっての真実だ」そう言った片桐の眼差しが鋭くなる。

「今の父親？　他に父親なんていないわ。ごまかさないで！　お母さんの前で正直に言いなさいよ！」

先ほど見せた温かさとは打って変わった冷ややかな視線に、思わずひかりの語気も荒くなる。

「ひとつだけ言えるとしたら、すべておれのせいだってことさ」

「あなたがお母さんをあんな目に遭わせたってこと？」

「そうだ。それに……おれはおまえを捨てた」

あっさりとそんなことを言われ、ひかりは鼻で笑った。

この男に父親らしさなど期待していたわけでもないが、その言葉によってすべての思いが吹っ切れた。

もう何も悩むことはない。目の前にいるこの男は赤の他人だ。これからの自分の人生と交わることなどありえない。

「だけど陽子はおまえを捨てたわけじゃない。陽子はおまえに惜しみない愛情を注いでいた」

ひかりの心が揺らいだ。そう言った片桐の声には揺るぎない強さがある。

「あなたがお母さんの人生を壊したんでしょう」ひかりは片桐を睨みつけた。

「そうだ」

「もうここには来ないで。わたしやお父さんの前にも二度と現れないで」

「ああ。おまえも早くおれのことなんか忘れるんだな」

「言われなくてもそうする」

ひかりが言うと、片桐がこちらに背を向けて歩きだした。

あっさりと離れていく片桐の背中を見ているうちに、抑えきれない感情が湧き上がってくる。怒りと悲しみが心の中で渦を巻く。

「あなたのせいでお母さんの人生は惨めなものになった！」

ひかりが叫ぶと、片桐が足を止めた。ゆっくりとこちらを向く。

「だけどあなたよりはきっとマシ。お母さんはわたしを愛してくれた。だからこうやってここで穏やかに眠っている。おじいちゃんやおばあちゃんや、いずれはお父さんとともに……」

片桐はじっとこちらを見つめている。

「わたしもそうする。あなたのように子供を捨てることなんかしない。人を傷つけたり、悲しませたりはしない」

片桐は小さく頷き、ふたたびこちらに背を向けた。

「あなたはわたしたちとちがう。獣と一緒よ。檻の中で死んで、死んだ後もひとりぼっちでさまようの。それがあなたのしてきたことの報いよ」ひかりは遠ざかっていく片桐の背中に向けて叫んだ。

片桐の姿が薄闇の中に消えてなくなると同時に、自分の中にほんのかすかに残っていた親子の鎖が完全に断ち切れた気がした。

わたしはあなたのように孤独にはならない——。

ひかりはその決意とともに小さな息を吐くと、バッグから携帯を取り出した。

『会いたい。会って話したいことがある』とメールを打って伸司に送る。

伸司に会ったらすべて話すつもりだ。妊娠していることも、自分が養子であることも、母がどうして亡くなったのかも、そしてたった今、実の父親と訣別したことも——。

伸司と、自分のからだに宿る新しい命とともに生きたい。

ひかりは心の中で願いながら伸司からの返信を待った。

第四章　森口絢子

やってくる人影に愛想笑いを浮かべて呼びかけたが、頭の禿げあがった中年男はこちらを一瞥しただけで通り過ぎていった。男は続いて呼びかけてきたジョアンの前で立ち止まる。

森口絢子は薄闇の中でジョアンと話す男の背中を忌々しい思いで睨みつけた。

しばらく立ち話をしていたが交渉がまとまらなかったようで、男が歩きだした。ジョアンがこちらに顔を向けて両手で七本指を立て、肩をすくめるような仕草をする。絢子も同調するように顔をしかめた。

あんな中年男が七千円で女を抱こうだなんて何とも厚かましいかぎりだ。

頬に触れる風は冷たかったが、絢子はコートのボタンを外してはだけさせた。中には胸もとが大きく開いたキャミソールをノーブラで着ている。

何人かの男がちらちらとこちらに視線を向けてきたが、絢子の誘いに応じることなく通り過ぎていく。

絢子はバッグから煙草を取り出して火をつけた。だが、むきになって吸っていても何の慰みにもならない。苛立ちがさらに激しくなるばかりか、喉の渇きがひどくなるのを感じて、唾とともに煙草を地面に吐き捨てた。靴の先で執拗に踏みつける。

携帯を取り出した。待ち受け画面に映る勇気の写真を見ながら何とか気を紛らわせていると、人の気配を感じて顔を上げた。

すぐ目の前に立っている男を見て、絢子はぎょっとして仰け反った。

ホテルのネオンに照らし出された男の顔は豹柄模様の刺青で覆われている。男は目を合わさず、絢子の胸に視線を据えていた。

自分も胸もとに刺青を入れているからあまり言えないが、さすがに顔中に入れている男が目の前にいると妙な息苦しさを感じる。何とも薄気味悪い男だ。だが、たとえどんな男であろうと、金を払うのであれば相手にしないわけにはいかない。

「二枚でどう？　満足させるわよ」

絢子が言うと、男が視線を合わせた。革のジャケットにジーンズと若っぽい恰好をしているが、五十歳は優に超えていそうだ。もっとも顔中に彫られた刺青ではっきりとはわからない。

「あんた、森口絢子か」

いきなりぞんざいな口調で言われ、絢子は眉をひそめた。

「池袋にあった『ピンクスワン』って店のママだろう」

ふたたび男に訊かれ、絢子は警戒した。

『ピンクスワン』は以前絢子がやっていたクラブだが、迂闊に答えるわけにはいかない。この男のことはまったく覚えがないが、客の誰に恨みを買っていたかわからない。

「そうなんだろ。以前店があったところの近くの飲み屋で聞いた。胸もとに蝶の刺青をした女だって」

「その人たちがここにいるって？」

迂闊に男と話すつもりはなかったが、思わず訊いてしまう。

「ああ」男が頷いた。

誰に見られたかわからないが、今の自分がこんなことをしているのを知られて羞恥心がこみ上げてくる。もっとも店をやっていたときから、まわりの人間は自分のことを散々蔑んでいただろうが。

「別に変な話じゃない。ちょっと訊きたいことがあるだけだ」男が言った。

「金を払わない人間とは話さない」

絢子が言うと、男は右手を後ろに回しポケットから財布を取った。

「ここじゃなくていい。中で」

絢子は目の前にあるホテルに向けて顎をしゃくり歩きだした。ホテルの自動ドアをくぐると男に向き直り、「ここで」と手を差し出す。

右手だけで財布の中の札を抜き出そうとする動作に違和感を抱き、男の左手に目を向けた。袖から出た左手は不自然な光沢を放っている。どうやら義手のようだ。

視線を戻すと、財布を口にくわえた男が右手を突き出してくる。男が握った二枚の一万円札をつかみ、バッグの中に突っ込んだ。

どんな用件かと不安があったが、何かあったらポケットに入れている催涙スプレーを吹きつけて逃げるつもりだ。

絢子は部屋のパネルを指さして「どこでもいい？」と訊いた。財布をくわえたまま男が頷いたので、適当な部屋のボタンを押してフロントの小窓に向かう。

「大変でしょう。わたしが払ってあげる」

絢子はそう言って、男の口から財布を奪った。会計をしながらさりげなく財布の中身を確認する。一万円札が十枚は入っていそうだ。

部屋の鍵を受け取ると、財布を男のジーンズの後ろポケットに突っ込み、エレベーターに乗って部屋に向かった。男を先にして部屋に入り、ドアを閉める。鍵はかけずに、ドアの近くから男の様子を窺う。

異常に喉が渇いているが、男の話を聞くまでは油断できない。

「で、話って何？」絢子は訊いた。

「エスがほしい。しかもかなりの量だ」

ソファに座りながら男が言い、絢子の反応を窺うようにじっと見つめてくる。

エス——覚醒剤のことだろう。

「何をわけのわからないことを言ってるの」

絢子がとぼけると、男の顔の刺青が歪んだ。笑ったようだ。

「梶原史郎さんに掛け合ってほしい」

その名前を聞いて、絢子は怪訝に思った。

梶原史郎は法律上の夫だ。もっとも梶原は絢子の姓である森口を名乗っている。

「すごい儲け話があるんだ」

「あんた、梶原とどういう関係？」

「宮城刑務所のムショ仲間だ。もっともおれは梶原さんとは会ったことがないが」

「会ったことがないのにどうして……」

「おれが入ったときには梶原さんはすでに出所していた。だけど、刑務所で梶原さんの噂を聞いた。シャバに出たら山科会の幹部だから、何か入り用があったら池袋の『ピンクスワン』ってクラブのママを訪ねて来いと言ってたって」

幹部という言葉に、思わず笑ってしまう。

店をやっていたときには梶原のムショ仲間だという輩がたまにやってきて、絢子に同様のことを持ちかけてきた。梶原は正式な組員ではないが山科会と縁がないわけではないので、違法薬物や拳銃などを入手することができる。だが、警察の捜査を警戒して、簡単に自分のことは話すなとからだで叩き込まれていた。

「梶原は山科会の幹部なんかじゃない。それどころか組員でもない。しがない隠居老人よ」

梶原は今年七十歳になる。一日も早く身動きもとれないからだになれと渇望しているが、からだの衰えをまったく感じさせないばかりか、その凶暴性は日に日に増している。

善人であっても若くして亡くなってしまう人がいるというのに、神様は何て理不尽なのだろうとつくづく思う。

「今はそういうことで聞いておく。とりあえず梶原さんに伝えてくれないか。おれはどこの組にも属していないが、太い客をつかんでる。三十グラムほど急ぎで用意してほしい。金額はそちらの悪いようにはしない。少なくともここらで売ってる倍の金額は出せそうだ。交渉と受け渡しは梶原さんと直接したい。信頼できる相手なら長い付き合いをしたいんでな」

「とりあえず話は聞いたけど、期待しないでね。あんた、名前は？」

「木村（きむら）」

男が名乗って立ち上がった。こちらに向かってくる。

「一応、連絡先を教えて」

「電話は持ってない」

「それでよく仕事ができるわね」

「足がつくからな。顧客の連絡先はすべて覚えてるから公衆電話があればいい。明日（あした）またここに来る」

男はそう言って絢子の横をすり抜け、ドアを開けて部屋から出ていった。

絢子は溜（た）め息（いき）をつくと、冷蔵庫に近づいた。中からペットボトルのミネラルウォーターを取り出して半分ほど飲み、ポケットに突っ込んだ。

　ホテルから出ると、ジョアンが絢子を見て意外そうな顔をした。

「早かったね」

「超早漏だった。ソウロウ……わかる？」

「楽な客ってことでしょ」ジョアンが笑った。

「今、アレ持ってる？」

　絢子が言うのと同時に、ジョアンが視線をそらした。

　目を向けると、紺のキャップをかぶった年配の男がゆっくりとした足取りでこちらに歩いてくる。絢子とジョアンの前で立ち止まり、品定めするような視線を向けてきた。

「どう？　楽しんでいかない？」

　ジョアンが声をかけると、絢子の胸もとに目を向けていた男が顔を上げる。

「いや……わたしはもう、役立たずだから」

　男はそう言って軽く笑い、こちらに背を向けた。新大久保駅方面に向かって歩いていく男の背中を見つめていると、「今日はだめだね……」というジョアンの呟(つぶや)きが聞こえた。

　頼みごとが中断されたのを思い出し、絢子はジョアンに目を向けた。

「持ってる？」

　ジョアンが頷(うなず)いて歩きだした。ホテルとホテルの間にある物陰に隠れると、ジョアンがバッグから化粧ポーチを取り出し口紅を一本つかんだ。口紅のキャップを開け、中から丸めたパケを取り出して絢子に渡す。

「ちょっとしかないけど」

パケの中には微量の粉末が入っている。せいぜい二、三回ぶんといったところか。

「これでいいかな……」絢子が一万円を差し出しながら言うと、ジョアンが頷いた。

パケをポケットに入れ物陰から出た絢子は早足で近くの公園に向かった。公園のトイレに入るとすぐに便座に腰を下ろし、バッグからストローとスプーンを取り出して膝の上に置いた。スプーンに先ほどもらったパケの中の粉末を慎重に入れ、ペットボトルの水を数滴注いでいく。スプーンの下からライターの火であぶると煙が立ち上った。ストローで鼻から煙を吸うと、ようやく恍惚感に包まれる。


足を踏みだすたびに大きく軋む鉄階段を上り、絢子はアパートの二階に向かった。二〇二号室の前にたどり着くと、バッグから鍵を取り出した。

ドアを開けた瞬間、先ほど経験した恍惚感が嘘のように、気持ちが沈んだ。玄関に男物の靴があり、奥の部屋からテレビの音が聞こえる。

絢子は玄関に入ると靴を脱いで台所に上がった。四畳半の台所の奥にある扉を開けると、布団に寝そべりながらテレビを観ていた梶原がこちらを一瞥する。

「遅かったな」

絢子は梶原のぞんざいな言葉には答えず、バッグから取り出した一万円札を座卓の上に置いた。

「寝たいんだけど」

絢子が言うと、梶原がからだを起こした。座卓の上に置いた一万円札を見て、「これっぽっちか？」とすぐに絢子を睨みつける。

クスリでハイになれたおかげで明け方までねばったが、けっきょくあれから客はつかなかった。

こちらに視線を据えていた梶原がいきなり憤然とした表情で飛び起きる。次の瞬間、みぞおちのあたりに鋭い痛みが走り、絢子は布団の上に倒れた。

「どういうつもりだ！　稼ぎをクスリに使いやがったな！」梶原が叫びながら絢子の後頭部や背中を蹴りつける。

「使ってない。本当に今日はひとりしか客を拾えなかったの」絢子は両手で頭をかばうようにして身を丸めた。

「嘘つけ！　顔を見たらクスリをやったかどうかぐらいわかる。クスリに溺れてそんな薄気味悪い面になってるからまともに客がつかねえんだ！」

そんなからだにしたのはどこのどいつだと心の中で毒づきながらも、やり返すことができない。

「たしかにクスリはやったけど稼ぎには手を出してない。梶原さんを捜している客にもらったのよ」

絢子がそう言い繕うと、梶原の足の動きが止まった。

「おれを捜してる？」

両手で頭を抱えながら小さく頷くと、髪を引っ張られて顔を引き寄せられた。

「誰だ？」梶原が血走った目を向けて訊いた。

「木村って男……」

絢子を睨みつけながら梶原が首をひねる。

「いくつぐらいの男だ」

「はっきりとはわからない。五十歳は過ぎているように感じた。宮城刑務所にいたけど梶原さんとは会ったことがないって」

「どうして会ったことのない男がおれを捜してるんだ」

「刑務所で噂を聞いたって言ってた。エスを手配してくれるんじゃないかと思って『ピンクスワン』を訪ねたみたい。三十グラムほど急ぎで用意してほしいって……」

梶原の目が反応して、髪をつかんでいた手が放された。

「太い客をつかんでるから、金額は悪いようにはしないって。少なくともここらで売ってる倍の値段は出せるって言ってた。でも信頼できるかどうか見定めたいから梶原さんと直接交渉がしたいみたい」

「警察じゃねえのか？」

「それはありえない」

「どうして言いきれる」

「その男は顔中に刺青を彫ってて、左手は義手だった」

「宮城刑務所はPの受刑者も収容してるから辻褄は合うな」

「Pって何？」

「身体障害者のことだよ。そいつの連絡先は」

「電話はないから今日またわたしのところに来るって」

梶原が思案するように視線をそらして押し黙った。

悪い話ではないと思っているのだろう。

覚醒剤を入手することはできても、梶原には大量にそれをさばけるだけのコネクションがない。今は組にいる権田という男から少量の覚醒剤を流してもらい、付き合いのある常習者に細々と売りつけることで生計を立てるしかないのだ。三十グラムの覚醒剤を組からその男に渡すだけでかなりの利益になる。しかもそれが継続していくとすれば梶原にとって願ってもない話だろう。

「どうする。無視する？」

絢子が訊くと、梶原がこちらに視線を戻した。

「今日、おまえに会いに来るんだな」

「そう言ってた」

「気づかれないようにそいつの顔写真を撮っておれのメールに送れ」

「どうして？」

「組の人間に覚えがあるかどうか訊く」

敵対する組が放ったヒットマンの可能性を考えているのだろう。

三十二年前に梶原がやったことを考えれば、出所したといってもいつ自分の命が狙われても不思議ではない。絢子と偽装結婚して姓を変え、ここに住むことなくふらふらとねぐらを変えるのもそのためだ。

「それからそいつが言ってる太い客ということについても聞け。どうして倍の金額を出してまで仕入れるのか。きちんと調べられたらご褒美をやる」

梶原の言葉に反応した。

こんな男からのご褒美を想像して、からだをうずかせている犬のような自分がどうしようもなく哀れだった。


足音が近づいてきて、絢子は目を向けた。四十代ぐらいの背広姿の男がこちらに近づいてくるのを見て、顔をそむける。

「ねえ、いくら？」

すぐ近くで声が聞こえ、絢子はふたたび顔を向けた。目の前に背広姿の男が立っている。

「待ち合わせをしてるだけだけど、何か？」

絢子が睨みつけて言うと、男はバツが悪そうな顔になり、「すみません」と足早に去っていった。

夜の七時から二時間以上待っているが、木村は現れない。

クスリが切れてしまってどうにも落ち着かない。あと一回ぶんはあるが、それはこの後のために取っておいたほうがいいだろう。気づかれずに顔写真を撮るということは、あの男が寝るまで付き合わなければならないということだ。あんな薄気味悪い男に正気のまま抱かれたくない。

絢子は携帯を取り出した。待ち受け画面の勇気の姿を見つめながら禁断症状に耐えていると、いきなり「待たせたか」と声がした。顔を上げると、目の前に木村が立っている。

「時間の約束はしてなかったから。ただ、客を何人か逃した」

「悪いことをしたな。それで……」

「梶原とはまだ話をしてない。携帯に連絡したけどつながらなくて」

「一緒に住んでるわけじゃないのか」

絢子は頷いた。

「これから何か用事はある？」絢子は訊いた。

「いや、別に……」

「ちょっと飲みに行かない？」

「知ってる店がどこかにあったら……」木村がそこで言葉を切った。「わかった。どこか知ってる店があったら……」

「あなたがおごってくれるなら。飲んでる間に梶原から連絡があるかもしれない」

「仕事はいいのか」

「歌舞伎町に行ってみたかった店がある。そこでいい？」

梶原と出会ってから飲みに行くことなどほとんどなくなった。文字通り自分の身を削って得た稼ぎをすべて梶原に搾取されるからだ。コンビニで立ち読みした雑誌に載っているような店にたまには行ってみたい。

木村が頷いたのを見て、絢子は新宿に向かって歩きだした。

目当てのバーを探して入ると、出迎えたバーテンダーが木村の顔を見てぎょっとした。

「テーブル席がいいんだけど」カウンターに座ったらきわどい話はできなくなる。

バーテンダーが困惑した顔で店内を見回した。ほとんど席は空いている。歓迎されていないことはわかったが、人目につかない奥のテーブル席に案内された。

「とりあえずビールと、あったらマッチをくれ」向かい合わせに席に座ると、木村が言った。

「じゃあ、わたしはバーボンをロックで」

バーテンダーがカウンターに行き、マッチと灰皿を持って戻ってくる。

「何か食べないか。金の心配はいらない」木村がこちらにメニューを向けて言った。

「いい。あまり食べないほうだから」

覚醒剤を摂取すると食欲不振で食べ物を受けつけなくなる。梶原と知り合ってからの五年間で二十キロ以上体重が減った。

今、勇気が目の前にいたとしても、それが自分の母親だと気づかないかもしれない。

「食べたかったら頼んでいいから」

「じゃあ、そうさせてもらう」

飲み物が運ばれてくると、木村がピザを頼んだ。とりあえずグラスを合わせて酒を飲む。

木村が煙草を取り出して口にくわえ、バーテンダーが持ってきたマッチを右手でつかんだ。右手だけでマッチをつけようとするがなかなかつかない。見ているこちらがじれったくなり、ライターを取り出して火を向けると、「いい」と木村が首を横に振った。

「できるかぎり指を動かすようにしてる」

絢子は自分の煙草を取り出して火をつけた。煙をくゆらせながら木村の手もとを見ていると、ようやく火がついた。

「苦労するとよけいにうまく感じる」木村が満足そうに煙草の煙を吐く。

「その手は？」

「三十年ぐらい前に工場の機械でやっちまった。それがケチのつきはじめだ」

「それからクスリを売ってるの？」まわりに人はいなかったが、絢子は少し身を乗り出して小声で言った。

「そうだ。こんなナリじゃできる仕事もかぎられる」

「どうして梶原を捜そうと思ったの。今までの付き合いで仕入れればいいじゃない」

「そうなんだが……おれは一ヵ月ほど前に出所したが、仕入れていたやつを訪ねたら愛人からおれと入れ違いに捕まっちまったと聞かされた。おれは捕まったとき、そいつのことも顧客のこともいっさい警察に吐かなかった。そのことに恩義を感じていたようで愛人からある物を託された」

「何？」

絢子が訊くと、木村が少し身を乗り出してくる。

「ある有名人がクスリをやってる現場の動画だ」

「ある有名人って誰よ。ここだけの話で」絢子は興味を覚えて訊いた。

「話すわけにはいかない。ただ、ひとりじゃない。だからその有名人様方はどんな高値であってもおれの知り合いから買っていたんだ。だけどそいつは捕まっちまった。その役割をおれが引き継いだってことさ」

「その人は誰から仕入れてたの」

「一緒に捕まっちまったそうだ。そういうわけで売る相手はいるのに仕入れることができない。そんなときにムショ仲間が言ってた梶原さんの話を思い出したのさ。相棒だったやつは少なくとも五年はムショを出られないだろう。梶原さんが信頼できる相手ならその間……」そこで木村が言葉を切った。

顔を上げると、バーテンダーが皿を持ってこちらに近づいてくるのが見えた。皿を置いてバーテンダーが立ち去ると、木村がさっそくピザをつまむ。

「食いたかったら食ってくれ」

木村に言われたが、絢子は手を出さなかった。

「ところで、あんたと梶原さんとはどういう関係なんだ」ピザを一切れ食べると木村が訊いた。

「夫婦よ」

「そうか」木村が事もなげに言ってもう一切れピザを口に運んだ。

「驚かないの？」

梶原と自分とは倍以上の年齢差がある。それに自分の妻にあんなことをさせているのだ。

「別に。何となく想像はつく」

「どんな？」

「梶原さんが抗争相手の幹部を撃って服役していたことは噂で知ってる。三十年以上前の話だそうだからお礼参りなんかがあるのかはわからないが、名前を変えたほうがとりあえず安心できる。おおかた借金のかたに偽装結婚をさせられたクチだろう」

だいたい合っている。

「それで梶原さんとは別に、子供と一緒に暮らすことにしたってわけか」

「子供?」絢子は訊き返した。

どうして子供がいることを知っているのだ。

「さっき見てたのは子供の写真じゃないのか?」

携帯の待ち受け画面を見られていたようだ。

「子供は一緒に暮らしてない」

物心ついた頃から自分を捨てた親を憎んでいたが、自分もたいして変わらない。人を殺したやくざ者と結婚していながら子供と一緒に暮らせるわけがないと納得したのか、木村はそれ以上何も訊かず黙々とピザを口に運んだ。残りが一切れになると絢子に目を向けた。

「食べないか」

「いい。場所を変えない?」

勇気のことを思い出したせいで、どうしようもなく気持ちが沈んでいる。クスリをやって楽になりたい。

木村は最後の一切れを口に入れると立ち上がった。絢子も席を立って店の外で木村を待った。

木村が出てくると、「ごちそうさま」と一応礼を言い、相手の右腕に自分の腕をからめて歩きだした。

たとえほんの一時であったとしても、早くこの絶望感から解放されたい。

しばらく行ったところにあるホテルの前で立ち止まった。中に連れて行こうとしたが、木村は抵抗するようにその場から動こうとはしない。

「ホテル代を出してくれたらあとはいらない。昨日のぶんのサービスだから」

「そういうことはいい」

「女に興味はないの？　それともわたしみたいに汚れたのは嫌だってこと？」

木村は何も言わない。ただ、どこか陰りを感じさせる眼差しで見つめてくる。

「別にそれならいいけど、二度とわたしの前に現れないで。当然、梶原の話もなしよ」

絢子がつかんでいた腕を払うと、木村がホテルの入り口に向かって歩きだした。

ホテルの部屋に入った絢子はバッグを持ったまま洗面所に向かった。すぐにバッグの中からパケとスプーンを取り出す。パケの中の粉末をスプーンに入れ、慎重に水を注いでいるときにドアが開く音がした。びくっとして振り返ると、木村が洗面所に入ってくる。すぐにスプーンに視線を戻す。よかった。こぼしていない。

「一緒にシャワーを浴びたいの？　ちょっと待ってね」

絢子はそう言ってバッグに手を伸ばした。ライターを取り出した手を木村がつかんだ。

「やめたほうがいい」

この男は何を言っているのだろう。

「やめろって……あなた、これで商売してるんでしょう」絢子は苛立って言った。

「いつか人を殺すぞ」

「……どういうこと」

「激しい幻覚に襲われて自分の子供を殺しそうになった母親がいる。その母親は子供を守ることと引き換えに、五階の部屋から飛び降りて植物状態になった」

「あなたの客？」

木村は何も言わず、絢子の手首をつかんでいた手を放した。

「そうなりたかったら勝手にすればいい」

木村が洗面所から出ていくと、絢子はすぐにスプーンに目を向けた。

ライターの火をつけてスプーンの底に近づける。脳裏に勇気の顔が浮かんで火を消した。だが、すぐに火をつけ、また消した。ライターを握った手が震えている。クスリをやりたいという抑えがたい衝動と、やってはいけないという理性が自分の中でせめぎ合っている。

木村が言っていた、子供を守るために自らを犠牲にした女——。

どんな女だったのかは知らないし、覚醒剤(かくせいざい)に手を出している時点で母親としては失格だろう。でもその女は自分の身よりも子供を選んだ。

自分だったらどうだろう。

勇気は自分にとって何物にも代えられない大切な存在だ。だが、覚醒剤の誘惑はそれ以上に強いことも知っている。

どれほど恐ろしい幻覚に襲われ、禁断症状に苦しめられても、自分は最後の最後に勇気のことを選べるのだろうか。

今そうできないのであれば、とても無理に決まっている。

勇気――。

絢子は呟きながらスプーンを洗面台の中に落とした。気持ちが翻る前に勢いよく蛇口をひねり、洗面台の中を水で浸した。

ばしゃばしゃと顔を洗い、タオルで拭って洗面所を出る。ソファにもたれていた木村がこちらに目を向けた。

「あんた、変なやつだ」

絢子は腹立ちまぎれに言うと、崩れるようにベッドの上に倒れた。布団にもぐり込んでからだを丸める。

急に寒気がしてきた。異常に喉が渇いているが、ベッドから起き上がる気力も湧かない。妙にからだがかゆくて腕や足をかきむしる。だがいっこうに収まらない。からだの中で蟲がうごめいているみたいで気持ちが悪い。

「名前は何て言うんだ」

声が聞こえた。

答えないでいると、木村に布団を剝がされて同じことを訊かれた。

「何の名前だよ!」

禁断症状への苛立ちに、自分でも激しい口調になっているのがわかる。

「子供の名前だ」

木村がそう言ってベッドの縁に座った。まっすぐこちらを見つめる。

「勇気……」絢子は絞り出すように言った。

「漢字でどう書くんだ」

「そのまんま。勇気がある、ないの、勇気……」

「いい名前だ。いくつだ？」

そんなこと、どうでもいいだろう。

「小学生か？」木村がさらに訊いてくる。

「三年生……九歳……」

「一緒に暮らしてないって言ってたけど、今どこにいるんだ？」

「青梅……青梅にある施設に入ってる」

「明日、会いに行こう」

「会えるわけないだろう。こんな姿……見せたくない……」

「見せなくてもいい。見るだけだ。嫌か？」

その言葉に反応して、絢子は必死に首を横に振った。

「子供が大事なんだな、あんたも」

「大事……大事に決まってんじゃない。大事だから手放したのよ！」

「息子と最後に遊びに行ったのはどこだ」

寒さとかゆみと喉の渇きに襲われながら、木村の質問が続く。

振動を感じて、絢子は目を開けた。

自分はどうしてこんなところにいるのだろう。首を巡らしてホテルの一室だとわかったが、なぜここで寝ているのかがわからない。

ホテルで寝ることなどない。客とホテルに入っても、事が終わればすぐに出ていくからだ。仲間の中には泊まりの客を捕まえる子もいるが、絢子の場合は少しでも安上がりに済まそうとする客しかいない。

だるいからだに鞭を打って上半身を起き上がらせた。ベッドの向こう側にあるソファで寝ている刺青だらけの男の顔を見て記憶をよみがえらせる。

あれから木村はここで何時間も勇気のことを訊いてきた。途中から絢子の携帯を持ってきて握らせ、待ち受け画面を見せながらひたすら勇気の話をしていた。どうしてそんな話ばかりするのかわからず、苛立たしさと面倒くささに殴りつけてやりたかったが、からだを起こすことさえできなかった。

もしかしたら、禁断症状を多少でも紛らわそうとして勇気の話をしたのだろうか。

携帯に目を向けると、着信が入っている。さっき感じた振動はそのせいだったのだろう。梶原からのメールだ。

『男の件はどうなってる』とメッセージが入っている。

絢子は自分がやらなければならないことを思い出して、気力を振り絞りベッドから起き上がった。

携帯のカメラで寝ている木村の顔を撮り、洗面所に入る。梶原に木村の顔写真をメールで送ると服を脱いだ。

鏡に映った自分の裸体を見て、忌々しさがこみ上げてくる。

枝木のように痩(や)せ細り、からだのいたるところにあざや生傷があり、右胸から鎖骨にかけて大きな刺青が入れてある。

服を着ていれば鎖骨のあたりに描かれた蝶(ちょう)しか目立たないが、裸になると蜘蛛(くも)の巣に捕らえられた蝶とそれを食らおうと近づく蜘蛛の図柄だとわかる。

梶原の二の腕には大きな蜘蛛の刺青が彫ってある。絢子が自分の所有物だと言いたいがためにこんな刺青を入れさせたのだ。

すべては自分の愚かさが原因だった。

物心ついた頃から施設で育ってきた絢子はずっと家族というものに憧(あこが)れ、そのたびに裏切られ続けてきた。

二十三歳のときに付き合っていた男は子供を妊娠したと知るとどこかに消えてしまった。頼れる身内もなく、ひとりで子供を育てていくことには不安しかなかったが、自分のからだに宿った唯一の家族を消すという選択は考えられなかった。

勇気を生むと少しでも稼ぎのいい仕事を求めて水商売の世界に入った。そこで客として通っていた相原(あいはら)と知り合った。相原は複数の飲食店を経営している実業家ということで気前がよく、飲みかたもきれいだった。絢子は相原に見初められ、結婚を前提に交際をしてほしいと言われた。子供がいることを告げると、自分と結婚したら絢子に今の仕事を辞めてもらい、子供とともに幸せな家庭を築こうと言ってくれた。

交際を始めてしばらく経った頃に、相原から新店舗を出店するためにお金を借りなければならないと言われ、連帯保証人になってほしいと頼まれた。他の店舗の売り上げはいいので返済にはまったく問題はないと説明されてサインしたが、その直後に相原と連絡が取れなくなった。

相原が複数の飲食店を経営しているというのは真っ赤な嘘だった。しかも相原が借りたのはたちの悪い闇金業者で、絢子は一千万円近い借金を抱えることになった。

闇金の事務所に軟禁され、どうやって借金を返済するつもりだと連日にわたって脅された。だが、一千万円近い借金など返せるはずがない。闇金の人間に連れられて風俗の面接をさせられた。そこで五年ぐらい働けば完済できると言われたが、絢子は風俗で働くことを泣きながら拒んだ。

闇金の人間は「風俗で働くのがどうしても嫌ならもうひとつだけ方法がある」と言って、絢子を池袋にあるクラブのような店舗に連れていった。そこで権田という男と引き合わされた。

権田は居抜きでこの店を契約したと言い、この店のママとして働き、さらに自分の知り合いと結婚するなら借金を帳消しにすると持ちかけてきた。相手はどんな男かと絢子が訊くと、刑務所に入っている受刑者とだけ答えた。

　五年ぐらい風俗で働かされるか、見も知らない受刑者と結婚するかの選択を迫られ、絢子は後者を選んだ。だがそのことを心底悔いている。梶原と結婚するぐらいであれば風俗で働き続けたほうがよほどマシだった。

　出所して引き合わされた最初の頃こそおとなしい老人のように思えていたが、梶原は次第にその凶暴な本性を現し始めた。

　引き合わされて数日後に絢子は無理やり覚醒剤をやらされた。その誘惑は強烈で、それ以降絢子は梶原の言うなりに関係を持たされ、判断能力の鈍っているときに刺青を入れさせられた。

　一緒には暮らしていなかったが、梶原はたびたび絢子の家に現れて自分や勇気に暴力を振るった。

　絢子は悩んだ末に勇気を施設に預けることにした。勇気の身の安全を考えたのと、クスリに溺れて梶原に弄ばれる自分の姿を見せたくないという思いからだった。

　後で知ったことだが、権田は池袋を拠点とする暴力団山科会の組員だ。梶原は元組員で、今から三十二年前に抗争相手の幹部を射殺する事件を起こした。その場にいたホステスも巻き添えになり、ふたりを殺害した容疑で無期懲役の刑を受けて服役していた。

六十半ばの老人が戻ってきても組の中にポストはない。かといって組に忠誠を尽くして刑務所に入った人間を放っておくわけにもいかず、クラブという食い扶持と、絢子という女を用意して梶原を納得させるつもりだったのだろう。

だが梶原は店のホステスにも覚醒剤を使って関係を強要し、さらにやって来る客を脅して法外な料金をせしめた。そんな店が続くわけもなく二年ほどで店を畳むことになった。店がなくなってからは覚醒剤を餌に絢子に売春させ、その金をむしり取った。

梶原が生きているかぎり自分に未来はない。勇気に会うことさえできない。たとえ刺し違えることになったとしても梶原を殺してこんな生活から解放されたいと何度も考えたが、そのたびに思いとどまった。

梶原は、自分が殺されるようなことがあれば組の人間がその家族もろとも報復するだろうとよく口にしている。

組の人間が梶原のために果たしてそこまでするかは疑問であるが、万が一にも勇気の身に何かあるのではないかと考えると、自分の殺意を形にすることはできなかった。

「ちょっと休むか」

木村がそう言って指さした先に絢子は目を向けた。少し先にバス停が見える。

絢子はよろよろと進むと崩れるようにベンチに座った。木村はベンチに座らず、近くの自動販売機のほうへ歩き、何かを買って絢子のもとにやってくる。

ペットボトルの水を手渡されたが、キャップをひねる気力も湧かない。溜め息をついてうなだれた。

「ちょっと行ったところにあとひとつ公園がある。もしかしたらそこにいるかもしれない」木村がコンビニで買った地図を広げて見ている。

ホテルから出ると、これから勇気のいる施設に行ってみないかと木村に言われ、青梅にやってきた。勇気が預けられている施設に行き、外から様子を窺っていたが姿を捉えることはできなかった。さらに近くの小学校や公園を回ったが無駄だった。

「もういいよ……疲れた」

勇気の姿を見たいのはやまやまだが、尋常ではないだるさに襲われている。

「せっかくここまで来たんだ。最後にその公園だけ行ってみないか」木村は地図をしまうと絢子からペットボトルを取り、ふたを外してふたたび渡した。

絢子はペットボトルの水を飲んで気力を振り絞って立ち上がった。

木村について歩いていくと、住宅街の中にある公園が見えてきた。近づいていくにつれ、子供たちのはしゃぐ声が聞こえてくる。

絢子は垣根越しに中の様子を窺った。数人の子供たちがサッカーボールを蹴っている。その中のひとりに目を留めた瞬間、胸の奥から激しい感情がせり上がってきて、手で口もとを覆った。

「あの中にいるのか？」

絢子の様子で察したように、木村が訊いてきた。

「白と黄色のチェックの子……」絢子は木村に目を向けることなく言った。

勇気は白と黄色のチェックのシャツを着ていて、友達のパスを待っているようだ。ボールが勇気のもとに回り、やってくる男の子をドリブルでかわそうとするが、ボールを奪われてしまった。

「おれはここで待ってる。ガキたちを驚かせちゃ悪いからな」

なかなか勇気から視線を外せなかったが、その言葉で木村に目を向けた。

「会えない……」絢子は首を横に振った。

「いいのか？」

こんな姿をさらせない。

「まだ……」と絢子が呟くと、木村が深く頷いて歩きだした。

絢子はもう一度公園の中に目を向け、勇気の姿を目に焼きつけてから木村の後を追った。

駅に戻る途中、携帯に梶原からのメールを受信した。

「ちょっと電話をする」

絢子は木村に断ると、少し離れた場所に行って電話をかけた。

「今どこにいる」

電話がつながるなり、梶原が訊いた。

「新宿」嘘をついた。

「例の男も一緒か？」

「ええ」

「そいつの客に関する話は聞き出せたか」

有名人がクスリをやっている動画を押さえているので高値で売りつけることができることと、それまで仕入れていた人物が警察に捕まったことで梶原を捜していたことなど、昨日木村から聞いた話をした。

「話の筋は通ってる。これからどうする」絢子は言った。

「ちゃんと金を持ってるか確認しろ」

「いくら」

「そうだな、四百万。その金を写真に撮って送れ。また連絡する」

電話が切れて、絢子は近くで待っている木村のもとに向かった。

「梶原と連絡が取れた。お金を確認したいって。四百万」

「わかった」木村が頷いた。

車内はかなり混み合っていたが、絢子たちのまわりだけはぽっかりと空間があった。向かいに座る乗客たちは木村と視線を合わさないようにうつむいている。

「どうして刺青を入れたの？」

絢子が訊くと、木村がこちらを向いた。

「ひとりでいたいからだ」

そう言った瞬間、木村の眼差しに今までにはなかった陰りが宿ったように感じた。

「家族はいないの？」

「いるように見えるか」

「わからない」

今の風貌から家族がいるようには想像できないが、先ほど見せた寂しげな眼差しが気になった。

「物心ついたときからずっとひとりだ。親も兄弟もいない」

自分と同じだ。

じっと見つめていると木村が顔をそらした。それでも絢子は木村の横顔を見つめ続けた。

最初は薄気味悪いとしか思わなかったが、今は不思議な男だと感じている。

「けっこう距離があるからこのあたりで待っててもいい。金を持って戻ってくる」

赤羽駅の改札を抜けると木村が立ち止まって口を開いた。

「いいよ、わたしも行く」

何でもいいからこの男のことをさらに知りたくなっている。

木村が言ったようにそこからかなり歩かされた。通りを行く人たちの好奇の視線にさらされながら商店街を抜け、ひたすら道を進んでいくと大きな川があった。河川敷に下りていくと、木村が草むらの前で立ち止まる。

こんな所に金があるというのだろうか。

「ここで待っててくれ」

木村はそう言うと、右手で草むらをかき分けるようにして中に入っていった。五分ほどすると戻ってきた。右手に札束が握られている。見た目だけでは判断できないがそうとうな額だろう。右手と札の一部に泥がついているから、土の中にでも隠していたのかもしれない。

「四百万ある。数えてもいい」

「信用する」

絢子は携帯を取り出して札をつかんだ木村の右手を写真に収めた。写真を添付してメールすると、すぐに梶原から着信があった。

「もしもし……」絢子は電話に出た。

「明日の夜に取引する。そいつの携帯番号を教えろ。そこに連絡する」

「携帯は持ってないって」

梶原の舌打ちが聞こえた。

「しょうがねえ。明日の夜九時におまえを訪ねてこさせろ」

電話が切れて、絢子は木村に目を向けた。

「明日の夜九時にわたしを訪ねてきてって」

「わかった。駅まで送っていく」

赤羽駅に向かって商店街を歩いていると、店先にある惣菜や飲食店の写真メニューが目に留まった。

「腹が減ってるんじゃないのか」絢子の視線の先を察したのか、木村が訊いてくる。

「少し……」

昨晩から何も食べていない。いつもなら数日食べていなくても食欲がわかないが、少し空腹を感じている。

今日は一日中かなり歩き回ったので、からだに溜まっていた毒素が汗とともに少し吐き出されたのかもしれない。

「この近くに食い物のうまい居酒屋がある。行くか?」

絢子は頷き、木村についていく。『菊屋』と暖簾のかかった店にたどり着き、木村とともに中に入った。それまで喧騒に包まれていた店内が急に静まり返り、中にいる全員がこちらに注目しているように感じた。絢子はためらいながら木村に続いて奥に進んだ。

「何にする? ここはバーボンなんて洒落たものは置いてないが」

一番奥のテーブル席に向かい合わせに座ると木村に訊かれ、絢子は「ビールでいい」と言ってコートを脱いだ。

「いらっしゃいませ」店主と思しき男がやってきてふたりの前に小鉢を置いた。

木村は親しげにビールと料理を注文するが、菊ちゃんと呼ばれた男はどことなく顔をひきつらせている。

しばらくすると瓶ビールとコップとマッチが置かれ、お互いに注ぎ合って乾杯した。

「お勘定をよろしく」

その声に目を向けると、カウンターの端に座っていた紺のキャップをかぶった男が立ち上がった。

どこかで見かけたことがあるような気がしたが、男はこちらに背を向けているのではっきりとはわからない。

ちらっとこちらを見た男と目が合い、絢子ははっとした。

たしか一昨日、木村と入ったホテルから出た後に近づいてきた男だ。ジョアンと一緒にいるときに品定めをするように絢子のことを見ていた。

どうしてあの男がここにいるのだ。偶然だろうか。

男はすぐにこちらに背を向け、そそくさとした足取りで店を出ていった。

「どうしたんだ？」

その声に、絢子は目を向けた。木村が煙草を吸いながら小首をかしげている。

「ううん。何でもない」絢子は首を横に振った。

「ここの料理はどれもうまいが、特に焼きそばが絶品なんだ」

木村が嬉しそうに言って先ほどまで男が座っていた席に目を向けた。

「この店にはよく来るの？」

「いや、たまにだ。ところで、勇気っていうのは誰が名づけたんだ？」

「わたしよ」

「どうしてその名前にしようと思ったんだ？」

「そのままの意味よ。わたしにはないものを持ってほしいから」

「どこの女だよ……」

カウンターのほうから囁きが漏れ聞こえてきて、絢子は眉を寄せた。

「どうせ道ばたに立ってた商売女だろう」

その声に反応して、木村がカウンターのほうを睨みつけた。

「今何て言った？」

木村が憤然とした顔で立ち上がると、右手で瓶をつかんでカウンターのほうに向かっていく。木村が何かを叫びながらカウンターに瓶を叩きつけた。

店内に悲鳴が響き、カウンターの中から菊ちゃんと呼ばれた男が飛び出してきた。木村のからだを押さえつけるとそのまま店の外に出して戸を閉める。

絢子は心配になって見つめたが外の様子はわからない。他の客もざわつきながら店の外に注目している。

しばらくすると戸が開いて木村が顔を出した。

「行こう——」と木村に言われ、絢子はテーブルにあった煙草とマッチを持って立ち上がった。

店から出るときに菊ちゃんと呼ばれた男と目が合った。唇を嚙み締めるように苦々しい表情をしている。

絢子は軽く会釈をして足早に歩いていく木村の後を追った。

「どこかで飲み直そうか」

絢子が後ろから呼びかけると、木村が歩調を緩めてこちらを振り返った。

「おれと一緒だとどこに行っても嫌な思いをさせちまう」木村がそう言いながらあたりを見回している。

「何か探してるの？」

「公衆電話。知り合いがあの店を訪ねてきておれに連絡をくれと言ったらしい」

「使っていいよ」絢子は携帯を取り出した。

「悪いな」

木村は携帯を受け取ると絢子から少し離れてこちらに背を向けた。ポケットから紙切れを取り出してボタンを押す。

「先生かい？」木村は携帯に向かって問うと、ちらっとこちらを見て、さらに絢子から離れる。

絢子は携帯を耳に当てて話をする木村の背中を見つめた。

先生――と言っていたが、いったい誰と話しているのだろう。

絢子は気になって木村に近づいた。

「陽子は……」

木村の声が聞こえた。

「そうか。元気でな……」電話を切って木村がこちらを向いた。

木村と目が合い、絢子はびくっとした。

「ありがとう。じゃあ、明日の夜な」

木村から携帯を返され、絢子は思い出したように煙草とマッチを渡した。ポケットに入れるとすぐにこちらに背を向けて、木村が歩きだした。

いったい何があったのだろうか。

追いかけるべきかどうか迷ったが、先ほどの木村の眼差し(まなざ)を思い出してためらった。

何者もよせつけない険しさをはらんでいた。

木村の姿がネオンの中に消え、絢子は駅のほうに足を向けた。ふと、物陰からこちらのほうを見ている人物が目に留まった。先ほどの店にいたキャップをかぶった男だ。

絢子は気づかないふりをしてそのまま歩いた。しばらくして振り返ると、男が木村の歩いていったほうに向かっていくのが見えた。

あの男はいったい何者だろう。もしかしたら刑事ではないか？

木村の行動を監視していて、クスリの取引をする現場を押さえようとしているのではないだろうか。

　もしそうであるなら、明日の取引のときに木村とともに梶原も捕まえてくれるかもしれない。

　梶原は無期懲役の刑で服役していた。もしふたたび捕まるようなことになればかなり長い期間刑務所に入れられることになるだろう。

　それで完全な自由が得られるわけではないだろうが、少なくとも今の絶望的な状況からは抜け出せるにちがいない。


　ドアが開く音がして、絢子は目を向けた。

　布団から顔を出すと、梶原が入ってきて絢子の前であぐらをかいた。

「昨日はおつかれだったな」梶原が絢子の頰を軽く叩いた。

　梶原のねぎらいの言葉を初めて聞く。稼げそうな仕事が入って機嫌がいいようだ。

「あいつの顔写真を組の仲間に見せたが誰も覚えがないようだ。もっともどこかの組員じゃなくても金で雇ったヒットマンという可能性がないわけじゃないが」

「あんな目立つ顔の人間にそんなことをさせるとは思えないけど」

「それもそうだな。取引が終わったらおれはしばらく旅に出る」

　目の前に放られたパケを見て、絢子は反射的にからだを持ち上げた。

「自由に旅して、そのまま終の棲家ってやつを探すのもいいかもしれないな。まとまった金ができりゃおれもこんなことから足を洗える。二度とムショになんか戻りたくねえしな」

絢子は愛想笑いを浮かべながら、心の中で梶原のその夢が潰えるのを祈った。

「だからといって仕事をさぼるんじゃねえぞ。これでせいぜい仕事に励め」梶原は立ち上がると部屋を出ていった。

玄関のドアが閉まる音が聞こえるとすぐにパケをつかんだ。そばに放ってあったバッグを引き寄せ、中からスプーンとストローを取り出す。スプーンに覚醒剤のかけらを入れ、座卓の上に置いてあったペットボトルの水を注いだ。ライターの火をつけ、スプーンの下からあぶろうとしたときに、昨日の光景が脳裏をかすめた。

サッカーボールで遊ぶ勇気の姿――。

スプーンを持った手が小刻みに震える。

たとえ梶原がいなくなったとしても、このままでは何も変わらない。クスリをやめないかぎり何も変えることはできない。

絢子はライターの火を消して座卓の上に放ると、パケをつかんで立ち上がった。台所に行って流しの中で水に浸かった皿に向けてスプーンを投げ入れる。パケをやぶって粉末も皿の中に捨てると蛇口をひねった。

流しから目が離せないでいると、携帯の着信音が聞こえた。水道を止めて部屋に戻り、震える手で携帯をつかむ。見覚えのない番号だ。

「もしもし……」絢子は警戒しながら電話に出た。

「あの……中村と申しますが、片桐さんのお電話じゃありませんか？」

ためらうような男の声が聞こえた。

「片桐？」絢子は訊き返した。

「昨日この番号からぼくの携帯にかけてくださったんですけど」

その言葉に、絢子は首をひねった。

木村という名前は偽名なのか？

「ああ……ここにはいないけど」絢子は答えた。

木村には娘がいて、中村というこの男はその娘のことでどうしても話したいことがあるという。

今夜会ったときに伝えたとしても、あのキャップの男が刑事だとしたらその後すぐに木村は捕まってしまうかもしれない。

どうしても話したいこととは何だろう。

「どうしても話したいことって何？」

「申し訳ありませんがそれは直接片桐さんにお話ししたいので。でも、片桐さんの人生にとってとても大切なことだと思います」

赤羽か、昨日立ち寄った荒川の河川敷にいるかもしれない。

捜してみると言って会話を終えると、絢子は震える指先で何とか着替えをして外に出た。

電車を乗り継いで赤羽駅に行き、そこから河川敷に向かう。河川敷に着くと、木村が入っていった草むらを無心にかき分けて前に進んだ。しばらく行くと錆びたトタンが目に入った。

近づいていくとトタンで組まれた小さな小屋だ。自分の背丈より低く、広さも二畳ほどだが、一応ガラス窓と扉がついている。

絢子はガラス窓から中を覗いた。木村の姿はない。床に毛布が敷いてあり、懐中電灯が置いてあった。その脇にリュックがある。

隠れ場所として使っているのだろうか。

背後から物音が聞こえ、絢子はびくっとして振り返った。

「どうした……」右手にコンビニのビニール袋を提げた木村が立っている。「取引場所が決まったのか」

「そうじゃない。中村って人からわたしの携帯に連絡があった」

絢子が言うと、木村が面倒くさそうな顔で舌打ちする。

「お嬢さんのことで話したいことがあるって」

木村が少し気まずそうな顔になった。

絢子は携帯を操作して中村の番号を呼び出してから木村に差し出した。木村は受け取ろうとしない。

「あなたの人生にとってとても大切なことだって言ってた。かけたほうがいいんじゃない?」

「意外とおせっかいな女なんだな」

「あなたほどじゃないと思うけど」

絢子が苦笑しながら言うと、木村がしかたなさそうに携帯を受け取り、ボタンを押した。

「いったい何なんだよ。昨日でお別れだって言ったはずだぜ」

電話がつながったようで、木村が荒い声を上げた。すぐに木村の表情が変わる。どんな話をされたのかわからないが絶句しているようだ。

絢子はその様子を見つめながら、あらためて木村の過去に興味を抱いた。

木村には子供がいる。かつては家族がいたということだ。

ひとりでいたいからだ——。

家族を捨てたかったから顔中に刺青(いれずみ)を入れたということなのだろうか。それとも何か他に理由があるのか。

「ああ、聞いてるよ。どの面さげて会えるっていうんだ。勘弁してくれよ」

木村はそう言うと押し黙った。

「わかったよ……どうすりゃいいんだ。赤羽の近くだ。ああ……」

木村が電話を切り、こちらに目を向けた。

「これからちょっと出かけてくる」

「お嬢さんに会いに行くの？　片桐さん」

絢子が言うと、木村が口もとを歪めた。

「偽名だっていうのもばれたか。梶原さんに伝えるか？」

目の前の男を見つめながら、絢子は首を横に振った。

そんなことを伝えたら梶原は警戒して取引をやめるかもしれない。

「お互いのためにもそのほうがいいだろう。じゃあ、夜の九時にな」木村は絢子に携帯を返すとこちらに背を向けた。


ポケットの中で携帯が震えて、絢子は取り出した。梶原からの着信だ。

「おれだ。やつは近くにいるか」

電話に出ると、梶原の声が聞こえた。

絢子はあたりに目を向けた。薄闇の中で木村がこちらに向かってくるのが見える。

「もうすぐここに来る」絢子は答えた。

「そうか。今から金を持って本条公園に来いと伝えろ」

ここから十五分ほど歩いたところにある公園だ。あまり治安のいい場所ではないらしく夜はほとんど人を見かけない。

「わかった」

電話が切れ、絢子はこちらに向かってくる木村に視線を据えた。木村が絢子の前に来て立ち止まる。

「梶原さんからか？」木村が訊いた。

「ええ。今から金を持って本条公園に来いって。場所はわかる？」

木村が頷いた。

「ちょっと電話を貸してくれないか。昨日の坊やに電話をかけたいんだが番号がわからない」

絢子は中村の着信画面を呼び出して携帯を渡した。木村が携帯を持って絢子からは見えない物陰に入っていく。一分ほどすると戻ってきて絢子に携帯を返す。

「お嬢さんとは会えたの？」絢子は訊いた。

「ああ。やっと別れを言えた」

「別れを言わなきゃいけないの？　家族なのに？」

木村は何も答えない。

「ずっとこんな生活を続けていくの？」

「どういうことだ」木村が見つめてくる。

今回は梶原とともに捕まってほしいと思っている。だが、木村には他にもちがう生きかたがあるような気がしてならない。

ヤクの売人ではあるが根っからの悪人には思えない。

「おれの生きかたはもう変えられない。だけどそちらの生きかたは変えられるはずだ」

木村は絢子の肩を軽く叩くと高田馬場方面に向かって歩きだした。数歩進んだところで立ち止まり、こちらを振り返る。

「そういえばエスの幻覚で飛び降りた女が守った子供だけどな……」

木村がそこで言葉を切り、じっとこちらを見つめた。

「何？」

「立派に育ったらしい。あんたはきちんと見届けられるといいな」木村がふたたびこちらに背を向けて歩きだした。

もしかして、その女は彼の妻ではないのか。

絢子は訊くことができないまま、遠ざかっていく木村の背中を見つめた。


遠くからサイレンの音が聞こえる。

ここにいるとたいして珍しくもないが、絢子は近くにいるジョアンと顔を見合わせた。

「たくさん鳴ってるね。何があったんだろう……」

ジョアンの言うとおり、かなりの数のサイレンの音が響いている。大きな事件のようだ。

梶原たちが捕まったのだろうか。

そうであるとすれば刑事たちが自分のもとにやってくるのも時間の問題だろう。絢子は梶原の法律上の妻だ。調べられれば絢子が覚醒剤の常習者だということも、今回の取引に関わっていたこともわかってしまうかもしれない。ただ、それでもいい。

絢子はバッグから携帯を取り出した。警察に捕まれば私物は押収され、しばらく勇気の姿を見ることはできなくなるだろう。

だけどいつかは今の生きかたを変えて勇気に会いたい――。

携帯画面を見るとメールの着信が入っている。梶原からのメールで、『RE：助かった』という件名だけが入っている。

意味がわからない。

絢子からのメールに返信したようだが、今日は梶原にはメールをしていない。送信履歴を確認すると、四十分ほど前にこの携帯から梶原にメールが送られている。件名も本文も何も書かれていない添付ファイルだけを送ったメールだ。

添付ファイルを表示させると画面に写真が映し出された。画面を拡大すると男女が寄り添うように写っている。男は小さな子供を抱きかかえるように膝の上に乗せている。

写真の背景に見覚えがあった。昨日立ち寄った『菊屋』のカウンター席だ。

この男は――。

食い入るように写真を見てその男の正体に気づくと、嫌な予感に胸が締めつけられて絢子はその場を駆けだした。

本条公園が近づいてくると無数の赤い瞬きが見えた。公園の前には数台のパトカーと救急車が停まっていて、制服警官や背広姿の男たちが慌ただしそうに動き回っている。

どうして救急車が停まっているのかと、さらに不安を煽られる。

複数の男たちに囲まれながら梶原が公園から出てきた。前に突き出した梶原の両手には手錠がはめられている。まわりの男たちは激しく抵抗する梶原を押さえつけるようにしてパトカーに乗せた。

続いて担架を運んだ救急隊員が出てくるのを見て、心臓が跳ね上がった。そちらのほうに向かって駆けだす。

「近寄らないで！」

制服警官の制止を振り切って、救急隊員のそばに向かう。担架には男が乗せられていた。

木村だ——。

革のジャケットにジーンズ姿の木村はぴくりとも動かない。ジャケットの下に着たシャツやジーンズに赤黒い無数の染みがついている。

「どうして！」

後ろから誰かに抱えられ、引き離された。

絢子は必死に抵抗して刺青だらけの男の顔を覗き込んだ。

笑っているように見えた。

第五章　荒木誠一

「荒木さん、お待たせしました」

喧騒の中で声が聞こえ、荒木誠二は文庫本から視線を向けた。

店主の菊池がカウンターにニラ玉の皿を差し出してきたので、荒木は本を閉じて脇に置いた。ジョッキのビールを飲みながらニラ玉をつまむ。

「だいぶ大将の味つけに近づいてきましたね」

荒木が微笑みかけると、菊池が隣で調理する茂に目を向けた。茂があたふたとした様子で調理をしている。

「まだまだですよ」菊池が苦笑する。

「いらっしゃいませ――」

茂の声に、荒木は店の入り口を見た。オレンジ色のシャツの上に革のジャケットを羽織った男が引き戸を閉め、こちらにやってくる。

男の顔には一面に豹柄模様の刺青が彫られていて、袖から出た左手は義手だった。

荒木はとっさに顔をそらし、後方にあるテレビに視線を据えた。店内を満たしていた喧騒がさっと静まり返り、テレビの音しか聞こえなくなる。

「いらっしゃいませ……」

動揺したような菊池の声が聞こえた。

「これ、土産」

男の声がして、自分の隣の席に座ったようだ。テレビ画面を見つめながら、ひさしぶりに緊張している。

片桐達夫――。

ずっと会いたいと思っていた男がすぐ隣にいる。

「とりあえず生ビール」

そう言った片桐の視線を感じている。もしかしたら自分のことをどこかで見覚えがあると思っているのだろうか。

いや、それはないだろう。片桐とは五年前に一度会ったきりだ。しかも荒木の顔を見たのはほんの一瞬だったはずだから覚えているはずがない。

「ひさしぶりだな」

その声に、ようやくこちらを見つめる気配が消えた。

ビールを飲みながら菊池とやり取りした後、片桐は煙草を買いに行くようで椅子をずらす音が聞こえた。

荒木はテレビから店の入り口に目を向けた。片桐が店から出ていくと、それまでの静寂がひそひそ声で満たされる。

「ごちそうさま。お勘定をよろしく」荒木は本を鞄にしまい、財布を取り出した。

片桐のせいで店を出ていくと思ったようで、菊池が申し訳なさそうに頭を下げてから計算を始めた。

会計をして店を出ると、自販機で煙草を買う片桐の姿を確認してあたりを見回した。斜め前にあるビルの二階に喫茶店があった。あそこの窓際の席であれば『菊屋』の様子が窺(うかが)えるだろう。

荒木はビルに向かい、階段を上った。喫茶店のドアを開けて店内を見回すと、目当ての席が空いていた。

「いらっしゃいませ」

荒木はウエイトレスに「窓際の席でもいいですか」と訊き、そちらに向かった。席に座るとすぐに『菊屋』のほうを観察する。テーブル席に座っていた三人組の男性客が店から出ていくのが見えた。

ウエイトレスがお冷やを持ってきたのでホットコーヒーを注文した。

『菊屋』に目を向けるとさらに客が帰っていく。コーヒーが運ばれてくるまでに先ほどまでいた客がすべて出ていった。

たしかにあの風貌(ふうぼう)に加え、塀の中がどうとかという話を聞かされれば、敬遠したくなる気持ちもわかる。さっきの菊池の口ぶりからも、片桐のことを歓迎していない様子がありありと窺えた。

片桐はここ赤羽ではちょっとした有名人だ。顔中に刺青を入れ、三十二年前から刑務所を出たり入ったりしている。五年前に捕まったのは仙台市内だったから、おそらく服役していたのは宮城刑務所だろう。

窓外を見つめながらコーヒーを飲んでいると、『菊屋』から片桐が出てくるのが見えた。

荒木は慌ててカップを置き、伝票をつかんでレジに向かった。会計をして階段を下りる。ビルから出てあたりを見回すと、商店街を歩く片桐の背中が見えた。

片桐に気づかれないよう適度な距離を保ちながら後をついていく。商店街を抜け、明かりの乏しい大きな道路を進んだ。荒川のほうに向かっているようだ。

河川敷に下りていく片桐を荒木は道路から見つめた。外灯のない河川敷は真っ暗だったが、かろうじて片桐の姿は捉えられた。片桐がかき分けるようにして草むらの中に入っていく。その背中が闇の中に消えた。

あんなところでいったい何をするつもりだろう。

それから二十分ほど様子を窺ったが、片桐が姿を現すことはない。

荒木は河川敷に下りていき、片桐が入っていった草むらのほうに向かった。草むらの前にたどり着くと、これからどうするべきか迷う。

荒木はためらいながら草木をかき分けて中に入った。物音を立てないように進んでいくと、視界の先に薄明かりが見えた。四角い窓のようなものから明かりが漏れている。その光源だけでは全体像はわからないが、どうやら小屋のようなものがあるらしい。

片桐のねぐらなのかもしれない。

アラームの音に、荒木は目を開けた。真っ暗な中、手を伸ばしてアラームを止める。なかなかベッドから起き上がれないでいた。片桐に会ったことに興奮していたのか、昨晩は布団に入ってもなかなか寝つくことができなかった。

何とかベッドから起き上がり、電気をつけた。服を脱いでユニットバスに向かうと、熱いシャワーを浴びる。ユニットバスから出て服を着た頃にようやく頭が冴えてきた。電気ポットをセットしてインスタントコーヒーを作った。マグボトルに入れて鞄に詰め込むと、棚の上に置いた椋介の写真に目を向ける。

日課の挨拶をして玄関に向かおうとしたが、足を止めた。踵を返して棚についた引き出しを開け、小型の双眼鏡を手に取る。唯一の趣味である野球観戦のときに使っているものだ。それを鞄に入れるとさらに思い立ってクローゼットを開けた。替えの上着とキャップを鞄に詰め込む。

部屋から出ると、冷たい風が頬を撫ぜた。手袋をしながらアパートの階段を下り、自転車に乗った。

いつものように暗い道で自転車を走らせたが、途中で方向を変えた。コンビニでおにぎりを買ってから荒川に向かう。

河川敷に着くと、片桐が入っていった草むらのあたりがかろうじて見えるぐらいの場所に自転車を停めた。腕時計に目を向ける。もうすぐ明け方の五時だ。

荒木は携帯を取り出して会社に電話をかけた。工場の朝は早いのでこの時間なら誰かいるはずだ。

「お世話になっております。マルミツです」

社長夫人の声が聞こえた。

「おはようございます。荒木です」荒木は何度か咳払いしながら言った。

「あら、荒木さん、おはよう。どうしたの？」

「実は昨日から熱がありまして……申し訳ないんですけど、今日は休ませていただけないでしょうか」

「珍しいわね。大丈夫？」

心配そうな社長夫人の声を聞いて気がとがめた。

「ええ。もしかしたらインフルエンザの可能性もあるので病院に行ってみます。またお電話します」

「それは心配ね。お大事にしてね」

「すみません……」

荒木は電話を切ると、草場に腰を下ろした。鞄からマグボトルを取り出す。コーヒーを飲みながら片桐がひそんでいるであろう場所を見つめた。

あたりが明るくなってくると、ジョギングする人や犬を散歩させる人の姿が見えた。

さらに日が差してくると、後ろの道から通学する学生たちの声が聞こえた。

九時半を過ぎた頃に河川敷の草むらから片桐が出てくるのが見えた。道路に出て赤羽駅のほうに向かって歩いていく。

荒木は自転車に乗り距離を保ちながら片桐の後を追った。駅に近づくと自転車を停め、片桐との距離を詰めた。駅に入った片桐は改札ではなく券売機のほうに向かった。新幹線用の券売機だ。

荒木は片桐の少し後ろに立ち、券売機の画面に目を向けた。片桐は仙台までの往復切符を買い、改札に向かう。

片桐に続いて京浜東北線の電車に乗った。通勤ラッシュを過ぎた時間であっても車内は混み合っている。

荒木は少し離れた場所からさりげなく吊革をつかむ片桐の姿を視界の隅に捉えた。

片桐の前に座っていた女性が立ち上がってちがう車両に移動する。片桐が座ると、両隣にいた乗客たちも席を立った。一駅過ぎた頃には片桐のまわりだけぽっかりとした空間が空いていた。

片桐は大宮駅で電車を降りると、東北新幹線の改札に向かった。

荒木は改札を抜けていく片桐の背中を見やり、そばにある券売機で仙台までの往復切符を買った。改札を抜けると売店で菓子を選んでいる片桐の姿を一瞥して、トイレに入った。個室で上着と帽子を替えてトイレを出る。

ホームに続くエスカレーターを上り自由席の乗り場に進んでいくと、右手に紙袋を提げた片桐の姿があった。

新幹線が到着して、片桐とはちがう車両に乗り込む。席について車窓の景色を見つめていると、少しばかり眠気に襲われた。

片桐は仙台に行って何をするのだろう。


片桐に続いて新幹線改札口を抜けると、懐かしさに包まれた。

仙台駅に降り立つのは二年ぶりだ。この街にはさまざまな思い出がある。だが幸せな記憶はおぼろげで、痛々しく自分の胸に突き刺さってくるものばかりがすべて鮮明だ。

駅から出た片桐は五分ほど歩いたところにあるビルに入っていった。

荒木は外で一分ほど待ってからビルの中に入った。エレベーターホールには片桐の姿はない。エレベーターが三階で停まっている。近くの案内板を確認すると、三階のテナントは『坂内法律事務所』だけだ。

前回の事件のときに世話になった弁護士を訪ねたのだろうか。

荒木はビルから出るとあたりを見回して、とりあえずの休憩場所を探した。

薄暗い車窓に疲れを滲（にじ）ませた自分の顔が映しだされている。

荒木はふたつ離れたドアにもたれかかる片桐をさりげなく見た。自分がそうしていたように、片桐も車窓に目を向けていた。口もとを引き結び、じっと一点を見つめている。

片桐は一時間ほどで仙台のビルから出てきた。紙袋を持っていなかったから、やはり世話になった弁護士への挨拶だったのだろう。片桐はそのまま仙台駅に行き新幹線に乗って大宮に戻った。そしてこの埼京線に乗っている。

半日近く片桐の後を追っているが、荒木の存在に気づいている様子はまったく窺えない。いつもまわりの注目を集めていることから人の視線に鈍感になっているのかもしれない。

池袋駅で電車が停まると、片桐がホームに降りた。荒木は慌てて電車を降り、片桐の後を追った。片桐は改札を抜けて、階段を上っていく。駅から地上に出ると、飲み屋や風俗店などが密集する西口の歓楽街に向かっていった。

ポケットから紙切れのようなものを取り出したのがわかった。それを見ながら歓楽街をうろついているようだ。やがてロサ会館のそばにある雑居ビルに入っていく。

看板を見たところ、クラブやスナックがひしめいているビルらしい。荒木は少し待って中に入った。エレベーターは五階まで昇ったようだ。五階には三軒のクラブとスナックがある。

荒木はビルから出ると向かいにある立ち飲み屋に入った。窓際の席に立ち、やってきた店員にビールとつまみを一品頼んだ。

注文した品が運ばれてくると、荒木は片桐が入っていったビルに視線を据え、ゆっくりとビールを飲んだ。

一時間ほどして片桐がビルから出てきた。荒木はすぐに立ち飲み屋を出て片桐の後を追う。片桐は池袋駅に入りJRの改札を抜けると、山手線の新宿方面のホームに向かっていく。やってきた山手線に乗り込む片桐を見て、荒木も隣の車両に飛び乗った。連結部分の近くに移動して、隣の車両にいる片桐の様子を窺う。

片桐は池袋から三駅目の新大久保駅で電車を降りた。駅から出ると表通りから一本入った薄暗い路地を歩いていく。ホテル街のようで、あちらこちらに露出の多い女性が立っている。片桐は近寄ってくる女性に目を向けながら奥に進んでいく。

「遊んでいかない？」

「一枚でいいわよ」

女性たちの言葉を無視しながら進んでいくと、少し先を歩いていた片桐がコートを着た女性の前で立ち止まった。

荒木は電柱に身を隠すようにして足を止めた。片桐は彼女と話をしている。右手を後ろに回し財布を取ると、女性が何か言って目の前のホテルに向け顎をしゃくった。ふたりでホテルの中に入っていく。

まわりにはホテルを見張れるような飲食店はない。どうしようかと考えていると、別の若い女性が荒木に声をかけてきた。

「わたしのタイプ。遊んでいきましょうよ」そう言って若い女性が腕をからませてくる。

「いや……そういうつもりじゃないんで……」

「こんなところをひとりで歩いててそういうつもりじゃないも何もないでしょう」

「いや……本当に……」

ホテルの中に連れて行こうとする腕を解けずにいると、少し離れたホテルから片桐が出てくるのが見えた。片桐がこちらのほうに向かって歩いてくる。

荒木は慌てて若い女性に向き直り、「どうしようかなあ」と迷っているそぶりを見せた。

片桐はこちらにまったく関心がなさそうに荒木たちとすれ違い、新大久保駅のほうに戻っていく。

ふたりがホテルに入ってから十分と経っていない。

片桐は何をしていたのだろうと少し離れたホテルに目を向けると、さっきの女性が出てきた。

荒木は未だからみついていた若い女性の腕を強引に振り解き、ゆっくりと歩きだした。興味を覚えながら片桐と別れた女性に近づいていく。

ずいぶんと痩せた姿だ。こけた頬と深い目のくまを厚化粧でごまかしている。

コートをはだけさせた胸もとに視線が引き寄せられた。キャミソールから覗く胸もとに蝶の刺青が彫られている。さらによく見ると、蝶のまわりに蜘蛛の巣のような模様が描かれている。

「どう？　楽しんでいかない？」

片言（かたこと）の言葉に我に返り、荒木は顔を上げた。

刺青をした女性の隣にいた外国人に声をかけられたようだ。刺青の女性は怪訝（けげん）そうな眼差しを荒木に向けている。

「いや……わたしはもう、役立たずだから」

荒木はそうはぐらかすと、彼女たちに背を向けて歩きだした。


「はい……やはりインフルエンザということで一週間ぐらいは休まなければならないとお医者さんが……」

携帯に向かって荒木が言うと、社長夫人の溜（た）め息（いき）が聞こえた。

「そう。それは大変ねえ」

「ご迷惑をおかけして申し訳ありません。パートのかたにもすみませんとお伝えくださ い」

「ええ。とにかくゆっくりからだを休めてね」

「ありがとうございます。それでは……」

電話を切った瞬間、荒木も溜め息を漏らしそうになった。

月給制ではないから休んだぶんだけ給料が減ってしまう。これから一週間休むとなれば来月はそうとう切り詰めなければならないだろう。

荒木は冷蔵庫に行き、カップ酒を取って戻った。あぐらをかいて、それをちびちび飲んだ。

あの後、片桐は新大久保駅からまっすぐ荒川の河川敷に戻っていった。一時間ほど様子を窺ったが草むらから出てくる気配がなく、アパートに戻ることにした。

荒木は椋介の写真に目を向けた。ひさしぶりに仙台の空気に触れたせいか、先ほどから椋介と希代子(きよこ)の記憶が胸に流れ込んできて止まらない。

どうにも不甲斐(ふがい)ない父親であったのに、こちらを見つめる椋介の眼差(まなざ)しは胸が詰まるほど優しさに満ちている。

それは十五歳で亡くなった椋介が自分に残したメッセージだろう。

十五年の間に椋介と過ごした時間はわずか三年ほどだった。

自分はどうして本当に大切なものを見誤ってしまったのだろう。愚かだったと言うしかない。

椋介が生まれてから荒木は自分勝手でしかない寂しさを抱き始めた。それまでの新婚生活の甘さはなくなり、希代子は子育てに追われ、仕事を終えて家に戻っても自分に対して疲れた顔しか見せなくなった。

今思えば自分勝手な話だが、あの頃は希代子も椋介も他人に見えてしまいそうだった。おのずと夫婦の営みはなくなり、家で満たされない願望を外に求めるようになった。クラブのホステスに入れ揚げ、見栄を張りたいがために小遣い以上の金をつぎ込んだ。消費者金融の借金はやがて闇金に変わり、ギャンブルで一獲千金を狙ってはさらに深みにはまっていく。

　自分の力ではどうにもならないほどに借金が膨らみ、追い詰められた荒木は犯罪に手を染めた。

　荒木は事務機器の営業をしていたが、仕事もそこそこに民家を狙って空き巣を働いた。九件目の犯行のときに警察に捕まり、初犯者が入る山形刑務所に服役した。

　そのことがきっかけで離婚され、三歳だった椋介は希代子が引き取った。

　一年半で出所したが、世間の風は冷たかった。前科者ということで新しい仕事には恵まれず、ひとりきりの寂しさを埋めるために夜の街を徘徊し、ふたたび空き巣を働き逮捕された。そして今度は再犯者が収容される宮城刑務所に服役した。

　同じ刑務所とは言っても、宮城と山形では受刑者の質がかなりちがっていた。山形刑務所はAと分類される初犯者とIと分類される禁錮者が収容されている。初めて罪を犯した者と比較的軽微な罪で服役している者がほとんどだった。

　だが宮城刑務所は、Bと分類される再犯者と、Pと分類される身体障害者と、Mと分類される精神障害者と、LBと分類される重大な事件を犯し長期の懲役刑を下され、なおかつ再犯した者が収容されている。人を殺した者や、何度となく罪を犯すような者と隣り合わせに生活しなければならない。

受刑者同士の私語は禁止されているが、刑務官の目を盗んでは自分が犯した罪を嬉々として語る輩がごろごろいた。人を殺したときや女を襲ったときの話をさも自慢げに話す輩と接し、おぞましくなった。あきらかに自分と異質の人間だ。だが、だからといって自分がそうならないとはこのままでは言い切れない。

三年後に出所したときには二度と刑務所には戻らないと固く決意した。

まっとうな生活を求めるために、とりあえずネットカフェで寝泊まりしながら日雇い仕事をした。こつこつ金を貯めて安アパートを借りると、安定した仕事に就くため職探しに奔走した。正社員の口はなかったが、常勤の清掃員の仕事を得ることができた。節約すれば何とか自分ひとりは食べていけるというぐらいの給料だったが、荒木はまわりからの信頼を勝ち取ろうと仕事に励んだ。

とにかくここからを自分の新しいスタートにしようと思った。かぎりなく難しい願望ではあるが、いつか失った家族を取り戻したい。それが叶わなくとも、少なくとも椋介に認めてもらえる人間になりたい。

荒木はその年から、青森にある希代子の実家に年賀状を出すことにした。希代子たちがそこに住んでいるかどうかわからないし、破り捨てられるだけかもしれないが、とにかく希代子と椋介に宛てて軽い近況を添えた年賀状を出し続けた。案の定何年間も返信はなかったが、五年前に突然、希代子から荒木宛ての封書が届いた。

離婚してから十二年が経っていた。荒木は不安とわずかな期待を抱きながら手紙を読んだ。そこには椋介の近況が書かれていたが、それを知って目の前が真っ暗になった。

椋介は小児がんに罹り青森で闘病生活を送っているという。かなり病状は悪いそうだ。入院費や治療費で生活が逼迫しているので、少しでもいいから援助してもらえないだろうかという内容だった。

文面を見て、この手紙を荒木に出すことをかなり逡巡した跡が窺えた。おそらく希代子は荒木に頼りたくなかったのだろう。それでも報せざるを得ないほど追いつめられているのだと荒木は察した。だが、その頃の荒木は日々暮らしていくのがやっとという状況で貯金などなかった。

そこまで回想して、荒木は椋介の写真から視線をそらした。

このままではいつものようにどうしようもない喪失感に襲われるだけだろうと、ちがうことを考えようと努めた。

それにしても、あの女性は何者だろう。

池袋の歓楽街をうろついているとき、片桐はメモのようなものを見ていた。そしてクラブかスナックに入り、その後、新大久保駅近くのホテル街に向かった。あの女性を捜すために池袋の店を訪ね、彼女があそこにいることを聞いたのではないか。

片桐は何のために彼女に会い、ホテルで何をしていたのだろうか。

女性の胸もとの刺青が脳裏によみがえってくる。

蜘蛛の巣と蝶の刺青。

梶原史郎が二の腕にしていた刺青の図柄と似ている。梶原の刺青は二の腕にびっしりと描かれた巣の中央に獰猛そうな蜘蛛が牙を剝いているものだった。

もしかしたら梶原の女だろうか。だが、梶原は七十歳近いはずだ。あの女性とは倍ぐらい歳が離れているように思える。

梶原とは宮城刑務所で同房だった。三十二年前にふたりを殺害して無期懲役の刑で服役していたが、やはり出所してしまっていたのか。

もしそうだとしたら、あの男への借りを返さなければならない。

だが自分にそんなことができるだろうか。不安だった。

それでも何とかしなければならない。

今度はぼくがずっとお父さんのことを見てるから——。

椋介の言葉がよみがえり、荒木はふたたび写真に目を向けた。

河川敷に薄闇が差し始めた頃になってようやく片桐が動きだした。

片桐は赤羽駅に行くと電車に乗った。電車を乗り継いで新大久保駅で降り、昨日訪れたホテル街を歩いていく。

気づかれないように片桐のかなり後ろを歩いていた荒木は足を止めた。

片桐が女性と何やら話をしている。昨日見かけた刺青をした女性だ。新宿方面に向かって歩いていくふたりの後をついていくと、歌舞伎町にあるバーに入っていった。

荒木は物陰に身をひそめ、ふたりが出てくるのを待った。

一時間ほどしてふたりがバーから出てくる。距離を保ちながらふたりについていくと、近くにあるホテルの前で女性が立ち止まった。女性は中に入ろうとしているようだが、手を引っ張られている片桐はその場から動こうとしない。しばらくすると片桐のほうからホテルに入っていった。

ふたりの姿がホテルの中に消えると、荒木はあたりを見回した。斜め向かいにラーメン店がある。店内を覗(のぞ)くと手前のカウンター席が空いている。店に入り、ビールとつまみで二時間以上粘ったが、ホテルからふたりは出てこない。

休憩は二時間とホテルの看板に書いてあるから泊まるつもりなのかもしれない。

荒木は迷った末、ラーメン店を出て駅に向かった。池袋駅で電車を降りると、昨夜片桐が入っていったビルに行き、エレベーターで五階に向かった。

三軒のクラブとスナックがあるが、片桐がどの店に入ったのかはわからない。

とりあえず一軒ずつ当たっていくしかないと思い、一番手前にある『ルミ』というスナックに入った。カウンター席が五、六席にテーブル席がふたつの小ぢんまりとした店だ。カウンターにひとりの男性とテーブルに四人の男女がいて、その中のひとりがカラオケを歌っていた。まわりで盛り上げているふたりはホステスのようだ。

「いらっしゃいませ。おひとり様ですか?」

カウンターの中にいた女性が声をかけてきた。テーブル席のふたりの女性よりも落ち着いた感じなのでおそらくこの店のママなのだろう。

荒木が頷くと、「こちらにどうぞ」とカウンター席を手で示した。

「何をお飲みになりますか」

おしぼりを手渡されながら訊かれ、荒木はビールを頼んだ。

目の前にグラスが出され、瓶ビールを注がれた。ママにも勧めると、「じゃあ、お言葉に甘えて」ともうひとつグラスを出して注いだ。

「初めてですよね。どなたかのご紹介ですか」乾杯してビールを飲むと、ママが訊いてきた。

「片桐さん」

その名前に心当たりがないというようにママが首をひねる。

「昨日、顔中に刺青をした男性が来ませんでしたか」

荒木が言うと、ママの表情が変わった。

「あの人とお知り合いなんですか？」意外だというように訊いてくる。

「ちょっとした……片桐さんはよく来るんですか」

「いえ。昨日が初めてですよ。ちょっとびっくりしましたけど……」

「何か用事があってここに来たんですかね？」

その質問に、ママの表情が怪訝そうになった。

「もしかして警察の人？」

　ママに訊き返されたが、荒木は否定も肯定もせずビールを飲んだ。

「うちはあの人とは何の関係もないですからね。本当に初めて来たんです。以前隣にあったクラブのことを訊きに……」勝手に警察関係者だと思ったようで、ママが言った。

「隣にあったクラブ？」

「ええ。三年ぐらい前に『ピンクスワン』ってクラブがあったんですけど、どこかに移転したのかって訊かれて。移転したとは聞いてないって答えたら、そこのママか梶原史郎っていう人に会いたいけどどこにいるか知らないかって」

　その名前に反応した。

「梶原史郎さんをご存じなんですか」荒木は訊いた。

「その人かどうかわからないですけど……旦那のことをママは梶原さんって呼んでた」

　その人物は梶原史郎なのだろうか。

「梶原さんがどこにいるのかは知らないけど、ママだった絢子さんは新大久保のホテル街でよく見かけるってお客さんの間で噂になってたから……」

「胸もとに蝶の刺青をした？」

「ええ……特徴を聞かれて、胸もとに蝶の刺青をしてるって教えました」

「あなたが知ってる梶原さんはどんなかたですか」

「どうしようもないじじいですよ。いつもクラブに入り浸ってて、おれは山科会の組員だって客を脅すようなことをしてたから、このビルはぼったくりの巣窟みたいに思われてうちの店にも客が来なくなっちゃった。二年ぐらいでなくなっちゃったけど、本当にいい迷惑だったわ」

「その梶原さんは二の腕に蜘蛛の刺青をしていませんでしたか」

「ええ。外の廊下でよく刺青を見せつけながら客を恫喝してたわ。今思い出しても腹が立つ。どういう事情があったのか知らないけど、絢子さんもどうしてあんなろくでもないじじいに引っかかっちゃったのか。不思議でしょうがないわ」ママが嘆息するように言った。

間違いない。自分が知っている梶原だ。

改札を抜けると、荒木はホームへの階段の手前で立ち止まった。

新宿に戻り片桐の監視を続けるべきかと思ったが、急に怖気づいてしまいそちらのほうに足を向けられない。

けっきょく赤羽に向かうホームへの階段を上った。やってきた電車に乗ると、ドアにもたれかかり、車窓に目を向けた。漆黒の窓に映し出された自分の顔が引きつっている。

やはり、片桐は出所した梶原に接触しようとしているところなのだ。

どこで絢子の情報を得たのかはわからないが、今すぐにでも梶原を殺そうとするかもしれない。

片桐は梶原に復讐するつもりなのだ。

この五年間、ずっと片桐が梶原を襲う瞬間を想像していた。片桐の犯行を食い止めるために仙台から赤羽に移り住み、片桐との再会を待ち続けた。

すべては自分の方法で片桐への借りを返すために――。

希代子からの手紙を読んだ翌日の夜、荒木はある決心をして家を出た。家から持って出た包丁で強盗するつもりだった。人通りの少ない場所にあるドラッグストアに目をつけ、帽子とマスクとサングラスで変装して店に押し入り、店員に手袋をはめた手で包丁を突きつけて金を奪うと慌てて店から飛びだした。そして道路を渡ろうとしたときにやってきたバイクと接触して転倒した。右足に激しい痛みが走ったが、荒木は立ち上がると無我夢中で暗がりの中を進んだ。

だが足の痛みは尋常ではなかった。ほとんど片足だけで跳ぶようにして進むしかないので、なかなかその一帯から離れられない。そうこうしているうちにまわりからサイレンの音が鳴り響いてきた。

絶対に捕まるわけにはいかない。

焦りながら片足跳びで人通りのない道を前に進んでいるとき、ふいに路地から出てきた男とぶつかり、荒木はその場に倒れ込んだ。顔を上げると、ぶつかった男がじっとこちらを見下ろしている。

サイレンが響き渡る中で、マスクとサングラスで変装し包丁を握った人物が目の前にいるのに、男は動揺する様子も見せずに手を差し出してきた。

手を握った瞬間取り押さえられてしまうかもしれないと、荒木は包丁を男に向けながら何とか自力で立ち上がろうとした。だが、右足を骨折してしまったようで思うようにいかない。

「何をした」と男が訊いてきた。

たとえ立ち上がれたとしても、警察の包囲網から逃れることはできないと観念して、荒木は包丁を放った。

「強盗だ」

「どうしてそんな馬鹿なことを」

「息子が重い病気でどうしても金が必要だった。あんたに頼みたいことがある。住所を言うからこの金を送ってくれないか。頼む！」

そんなことに協力する者などまずいないだろう。仮に受け取る者がいたとしても持ち逃げされるかもしれないことは百も承知だった。だが自分はどうせ警察に捕まってしまう。万に一つの可能性にすがるしかなかった。

「人を傷つけたのか」男が訊いた。

「いや……包丁を突きつけたけど誰も傷つけてない」

「じゃあ、自分で渡せ」

男はそう言って上着を脱ぎ始めた。その様子を呆気にとられながら見ていると、「早くおまえも服を脱げ」と男が急かした。

着ている物を交換するつもりなのかと察して上着を脱ぐと、男がしゃがみ込んで荒木の靴を右手だけで脱がせた。ベルトに手をかけ外すとジッパーを下ろし、ズボンを脱がされた。すると男が自分のズボンも脱いで荒木に穿かせた。

激痛に耐えながら服を交換すると、サングラスとマスクと帽子と手袋を剝がされた。素早いがぎこちない手つきに違和感を覚えてよく見ると、男の左手は義手だった。さらに、それまでは真っ暗な視界でわからなかったが、男の顔を直視して息が詰まりそうになった。

男の顔は豹柄模様の刺青で覆われていた。

荒木のサングラスと帽子など、交換できるものすべてを身につけると、男が「どこを襲ったんだ」と訊いてきた。

ドラッグストアの名前を告げると、男は地面に放っていた包丁をつかみ「じゃあな」と手を上げ歩き去っていった。

男とぶつかってからわずか二分ほどの出来事に、しばらく呆然とするしかなかった。

荒木は何とか起き上がると塀に手を添えながら片足で大通りに向かった。タクシーを拾って自宅に戻る間も検問にひっかかるのではないかとびくびくしたが、無事にたどり着くことができた。

翌日、近くの病院で診てもらうと、やはり右足を骨折していた。

受付で待っているときに、流れていたテレビを観て驚いた。昨晩、ドラッグストアを襲った犯人が捕まったというニュースだった。顔中に刺青をした男が送検される様子が画面に映し出されていた。片桐達夫という五十四歳の男だ。

荒木は苦々しい思いでテレビを見つめた。捕まってしまったということは、片桐の供述によって荒木のもとに捜査の手が及ぶだろう。本当の犯人は自分ではなく、右足を怪我した男と服を取り替えただけだと。

だが、それからの情報を聞いて荒木は狐につままれるような思いを抱いた。片桐は自らドラッグストアの近くにある交番に出頭したという。奪った金は逃げているときに落としてしまったと供述しているとのことだった。

不自然な点はたくさんあったはずだ。それでも警察は片桐の嘘の自白を信じたのだろう。

荒木は足の治療を終えるとすぐに椋介が入院している青森の病院に向かった。たいした足しにもならない金額だと承知していたが、それでも希代子は「助かる」と荒木に感謝してくれた。

ひさしぶりに希代子の顔を見て穏やかな気持ちになりかけたが、病室にいる椋介と対面してどん底に叩(たた)き落とされた。

希代子から聞かされるまでもなく、ベッドに横たわる椋介の姿を見ているだけで末期の状態だと悟らされた。

椋介は辛(つら)そうにしながらも、強い眼差(まなざ)しでこちらを見ていた。

荒木は今までの自分の行いをふたりに詫びた。すると椋介が絞り出すように言った。

「全部は許せないよ。ぼくもお母さんもさみしかった。お父さんは勝手だ。でも今日、会えてうれしい。ぼくのことを忘れずに見ててくれたんだ」

その言葉に思わず嗚咽すると、椋介が荒木の手に触れ、精一杯の笑みを向けながら口を開いた。

今度はぼくがずっとお父さんのことを見てるから——。

けっきょくそれが荒木にかけた椋介の最後の言葉になった。それから話すこともままならなくなり、その三日後に椋介は亡くなった。

激しい喪失感に襲われながら椋介の葬儀を終え仙台に戻ると、あらためて片桐という男のことを考えた。

片桐に心から感謝した。もしあのまま荒木が捕まっていたとしたら、椋介の死に目に会うことも、自分へのメッセージを受け取ることもできなかった。

同時に、不可解な思いにも囚われていた。片桐はどうして逃げることをせずに警察に出頭したのだろう。しかも赤の他人が犯した罪を自らかぶって。

荒木の中で片桐への興味が急速に膨らんでいった。

あの男のことをもっと知りたい。いや、知らなければならないのではないか。いつしかそんな思いを抱くようになった。

手がかりは片桐の上着のポケットに入っていたマッチしかない。東京の赤羽にある

『菊屋』という居酒屋のものだった。

荒木は足の怪我が治ると『菊屋』に行ってみることにした。店で飲んでいると話を振るまでもなく、まわりにいた常連客たちが口々に片桐の話をしていた。片桐が仙台で強盗事件を起こしたことを話題にしていたのだ。

最初はさりげなく聞き耳を立てていたが、次第に荒木も会話に加わっていき片桐についていろいろと訊いた。

片桐はこのあたりではちょっとした有名人だ。あの風貌に加え、二十五年以上も刑務所を出たり入ったりしているからだという。

最初に事件を起こしたのはまさにその店で、客と喧嘩になり刃物で刺し、懲役一年半の判決を受けたという。初犯であったことや被害者にも非があったことが考慮され執行猶予がついたが、逮捕されたことによって妻の陽子と別れることになり、娘のひかりとも離れ離れになってしまった。

片桐と陽子は『菊屋』ではおしどり夫婦として通っていた。片桐が陽子にプロポーズしたのもこの店だったそうだ。夫婦仲がよく、将来自分たちのラーメン店を開くために頑張って働いていたが、その事件をきっかけに片桐はおかしくなっていったという。

それらの話を聞きながら、荒木は自分の過去と重ね合わせた。

片桐はそれから自暴自棄になり、顔に刺青を入れ、今度は誘拐事件を起こして逮捕されたという。

懲役八年の刑を言い渡され旭川刑務所に服役したが、そこを出所して二週間と経たずに今度は名古屋で同様の誘拐事件を起こし、岐阜刑務所に入った。さらにそこを出てからすぐ高松市内で誘拐事件を起こし、徳島刑務所に入ったそうだ。

つまり片桐は最初の傷害事件と、三件の誘拐事件と、一件の強盗事件の前科五犯ということになる。

もっとも最後の強盗事件は完全に冤罪なのだが、口には出せなかった。

片桐は出所すると悪びれた様子もなく『菊屋』を訪ねて来るのだと、菊池や妻の美津代や常連客たちは呆れていた。

常連客のほとんどは片桐のことを嘲笑していたが、店主の菊池と妻の美津代のふたりは複雑な表情でそれらの話を聞いていた。特に美津代は片桐の話を聞くことすら辛そうに見えた。

片桐は徳島刑務所を出所した後、美津代に説得され、常連客のひとりが働く工場で働き始めたという。だが一週間と経たないうちに工場の機械で左手を切断する大怪我を負って辞めてしまった。片桐が工場の責任者に多額の賠償金を請求したという噂があり、金銭目的でわざと事故を起こしたのではないかと、仕事を紹介した常連客は憎々しそうに話していた。そして退院してしばらくすると今度は仙台で強盗事件を起こしたのだと。

荒木は常連客の話を聞きながら、どうして片桐が自分の罪をかぶったのかと考えた。『菊屋』の人たちが言うように、刑務所にしか居場所を見いだせずに罪を犯し続けているのだろうか。だからこそ、自ら進んで荒木の罪をかぶるようなことをしたのか。

そう考えると納得がいく。だが、ならばどうしてわざわざ全国各地で罪を犯すのだろうか。刑務所に入りたいだけであれば関東圏内で事件を起こせばいい。

そこまで考えてある思いが脳裏をかすめたが、馬鹿馬鹿しい推測だとすぐに否定した。

だが仙台に戻ってからも、その考えは頭から離れなかった。

どこかの刑務所に会いたい人間がいるのではないか――。

荒木は時間を見つけては図書館に行き、過去の新聞記事を調べ始めた。

片桐が最初に起こした傷害事件の記事を読んで、荒木は被害者の名前に目を留めた。

梶原史郎とあった。

その苗字が少し引っ掛かり、自分の知っている梶原が犯した殺人事件の記事を探した。

犯人は梶原史郎とある。年齢も同じ三十八歳だ。

自分と刑務所で同房だった梶原のことを思い出すたび、いつも胸糞が悪くなる。

梶原は自分よりもひと回り以上年上だが、何とも矮小で卑劣な男だった。弱い者に対しては偉ぶり自分の力を誇示するが、強そうな者に対しては決して歯向かわず媚を売るという典型的なタイプだ。

もっともおぞましいと思ったのは、梶原の腹のあたりに走る刺し傷のようなものについて訊いたときのことだ。

梶原はその傷について「飲み屋で客と喧嘩になったときに包丁で刺された」と答えた。

荒木が「ずいぶんひどいことをするやつですね」と言うと、梶原は不気味な薄笑いを浮かべて「まあ、おれにはかなわないけどなあ」と返した。

梶原は刺した男が警察に勾留されている間に、その男の妻を無理やり薬漬けにして数日間犯し続けたという。男の妻は覚醒剤の幻覚に襲われたのか、その後団地の五階から飛び降りたのだと、梶原は愉快そうに笑いながら話した。

おれに歯向かうやつには地獄の苦しみを味わってもらう――と。

その話を思い出して、荒木の頭の中に閃光が走った。

もしかしたら、梶原が襲った男の妻とは陽子ではないか。

片桐は陽子が覚醒剤の幻覚によって五階から飛び降りたと知り、それが梶原の仕業だと直感したのではないか。そうであれば釈放された片桐は梶原のことを捜し回っただろう。だがそうしている間に梶原はふたりを殺害した容疑で逮捕され、無期懲役の刑を受けた。

片桐は、仮に自分の妻が梶原に襲われたと警察に話しそのことが立証されたとしても、無期懲役以上の罰を与えることは難しいと考えたのではないか。

無期懲役ということは何十年もの間刑務所を出られない。またその後の梶原の居場所をつかむことも容易ではない。

片桐は梶原と同じ刑務所に入り、そこで復讐を果たすことを考えたのではないか。

荒唐無稽な想像かもしれない。しかし、そのために罪を犯し続けていると考えれば、自分が今まで不可解に思っていたことにも納得がいく。

菊池たちの話によると、片桐は初めて服役することになる誘拐事件を起こす直前に顔中に刺青（いれずみ）を入れたとのことだ。

妻子と別れ自暴自棄になりそんなことをしたのではないかと菊池たちは言っていたが、荒木からすればどうにも釈然としない理由に思えた。そんなことをすれば復縁の可能性はさらに遠のいてしまうだろう。

片桐と梶原は傷害事件でお互いのことを知っている。刑務所では番号で呼ばれるから相手に名前を知られることはないが顔を見れば自分だとわかってしまうと考え、少しでも梶原に悟られないようにするために顔中に刺青を入れたのではないだろうか。

殺人事件を起こす前にも傷害の前科があったと梶原は言っていた。だから梶原はＬＢの受刑者を収容する宮城刑務所に入れられたのだろう。

荒木は自分の推測を立証するためにすぐに刑務所に関する書籍をいくつか読んでみた。

梶原が殺人事件を起こした当時、再犯の長期受刑者、現在で言うＬＢの受刑者を収容する刑務所は全国に五つあった。宮城刑務所、旭川刑務所、岐阜刑務所、徳島刑務所、熊本刑務所だ。当時は東京矯正管区内にＬＢの受刑者を収容する刑務所がなかったので、梶原がそのうちのどこの刑務所に服役したのかは関係者以外わからない。

片桐はまず赤羽で誘拐事件を起こし、旭川刑務所に入れられた。そこに梶原はいなかったのだろう。次に旭川刑務所を所管する札幌（さっぽろ）矯正管区内以外の土地で、さらにＬＢの刑務所がある地域を選び同様の事件を起こし、岐阜刑務所に入った。そこを出所すると今度はちがう矯正管区である高松市内で事件を起こし、徳島刑務所に入った。

片桐が誘拐という犯罪を選んだのは、相手のからだに危害を加えることなく、長期の刑に処せられるものだと考えたからではないか。

徳島刑務所を出所したときには最初の事件から二十七年が経っていた。さらにその頃、それまで八年以上と定められていたLの刑期が十年以上に引き上げられた。

残されたLBの刑務所は熊本刑務所と宮城刑務所のふたつだが、次に入った刑務所に梶原がいなければ、十年以上復讐の機会を待たなければならないことになる。いくら無期懲役といえども三十七年の間に仮釈放になってもおかしくはない。

そこで片桐はある方法を考えたのではないか。

熊本刑務所はLBだけでなく、再犯者であるBと、身体障害者であるPの受刑者も収容される。宮城刑務所も同様だがさらにMと分類される精神障害を持つ受刑者も収容される。

片桐は自らの手を事故に見せかけて切断し、身体障害者であるPの受刑者として刑務所に入ることにしたのではないか。そうすれば軽い犯罪で刑期が短くてもLBの受刑者を収容するふたつの刑務所に入ることができる。短い期間でふたつの刑務所で梶原を捜すことができるのだ。

だが、それは賭けに近いようなことでもあった。福岡矯正管区内には熊本刑務所以外にもPの受刑者を収容する福岡刑務所がある。それでまずは宮城刑務所に入るために、仙台矯正管区内で事件を起こそうとして仙台にいた。

そしてあの夜、荒木と出会った——。

もし荒木の推測が当たっていたとしたら、片桐の執念は狂気そのものだ。

同じ刑務所に入ったとしても、監獄の中で梶原と接触できるかもわからない。宮城刑務所で言えば千人近い受刑者を収容しているのだ。

そもそも罪を犯し受刑者となっても、必ずしもその矯正管区内の刑務所に入るとはかぎらない。あくまでもその可能性が高いということだから、片桐がやっていることはしょせん賭けでしかない。

罪を犯し続け人生の半分を刑務所の中で送ることも、自分の片手を切り落とすことも、顔中に刺青を入れることも、そんなあやふやな賭けに乗るための無謀な代償と言わざるをえない。

それでも何もしないまま社会に留まることはできないと考えたのか。

荒木はそれから毎日、新聞記事をチェックするようになった。だが、一年経っても二年経っても宮城刑務所内で殺人事件や傷害事件が起きたという記事は見つからない。そのうち、同じ刑務所に入ったもののちがう棟に入れられ梶原と接触できないか、もしくは片桐が服役する前に梶原がすでに出所したのではないかと考えるようになった。

いずれにしても片桐に会いたいと思った。

片桐は強盗事件で懲役五年の刑を受けているが仮釈放でそれよりも早く出所すること
も考え、荒木は二年前に仙台から赤羽に移り住むことにした。
妻の仇を討ちたいという気持ちはわかる。しかし、どうして彼女に寄り添うことをせ
ず復讐の道を選んでしまったのか。
片桐の気持ちは理解できるものの、彼がとっている行動をどうしても肯定することは
できない。

片桐はどこにいるのだろうか。昨晩絢子とホテルに入ってから丸一日片桐の姿を捉え
られていない。
今朝も早くから河川敷に行ったが小屋に片桐はいなかった。夕方までその周辺を張っ
ていたが片桐は戻って来なかった。もしかしたらここに来るのではないかと『菊屋』に
寄ることにした。
片桐がまだ梶原を殺していないことを願いながら、今はこうして酒を飲んでいるしか
ない。
先ほどから店内は耳障りな会話で満たされていた。常連客が片桐のことを話題にして
いるのだ。
「よくのこことこのあたりを歩けると思うよ。ああいうのを厚顔無恥って言うんだろ
うな。厚顔って言うか、公衆便所のらくがきみたいな顔だけどさ」

常連客の徳山の声が聞こえ、まわりから失笑が漏れた。

「他の飲み屋でやつを見かけたという話は聞かないから、菊ちゃんが出禁にすればこのあたりをうろつくこともなくなるんじゃないか。なあ?」

文庫本から声のするほうに目を向けると、カウンターにいる客や調理している茂が頷いていた。

「そんな怖い人が来るお店は継ぎたくないって奈津子が言ってました。新しい仕事を探したほうがいいんじゃないかと勧められて」

茂の言葉に困惑するように菊池が顔を歪めたとき、店の引き戸が開いた。

片桐が女性とともに店に入ってきた。絢子だ。

荒木は顔をそらし、文庫本に視線を戻した。ふたりは荒木の後ろにあるテーブル席に座ったようだ。菊池がカウンターから出てふたりの注文を取りに行った。

菊池がカウンターに戻ると、荒木は文庫本を鞄にしまい財布を取り出した。

「お勘定をよろしく」

荒木は会計をしてふたりに顔を見られないよう引き戸に向かった。だが、どうしても気になってちらっと後ろを見た。

片桐と絢子は楽しげに話をしている。

その表情を見るかぎり、まだ復讐を果たしていないのではないかと思え、かすかに安堵しながら店を出た。

だが、これからは一時たりとも片桐を見逃すわけにはいかない。

自分に片桐の思いを止められるかはわからないが、鞄の中には変装のために用意した数種類の服やキャップとともに、先ほど購入したスタンガンと結束バンドをしのばせている。さらに河川敷の草むらが見えるあたりにレンタカーで借りた軽トラックを停めておいた。

片桐が梶原を襲う直前に食い止め、殺人未遂の容疑で警察に突き出すしかない。

自分を救ってくれた恩人を人殺しにはしない。それが自分の借りの返しかただ。

どれだけのことができるかわからないが、椋介に誓ったことをやるのだ。

愚かでしかなかった。大切な子供さえ救えなかった。

だけど椋介に恥じないよう、自分が正しいと思うことをするのだ。

斜め向かいにある喫茶店に入ると、窓際の席から『菊屋』のほうに目を向けた。しばらくすると店からもつれるようにふたりの男が出てきた。片桐と菊池だ。菊池がつかんだ片桐の右手を見た。割れた瓶のようなものを持っている。

いったいどうしたのだろうか。

荒木は席を立ちレジに向かうと千円札を一枚置いて店を飛び出した。階段を下りてビルの入り口からふたりの様子を窺う。

自分の存在を気づかせたくはないが、片桐が菊池に危害を加えようとするなら止めないわけにはいかないだろう。

菊池が諭すように何か言うと、片桐がおとなしく持っていた瓶を地面に放り投げた。菊池は言葉を続けているようだが、よく聞き取れない。

「黙れッ！」

突然、絶叫とともに片桐が左手を菊池の右手に叩きつけた。菊池がその場に膝をつき、右手を押さえながら片桐を睨みつける。

片桐はじっと菊池を見ているようだったが、やがて顔をそらした。菊池が立ち上がり、ポケットの中に入れていた紙切れを片桐に握らせる。片桐が紙切れをズボンのポケットに入れ、引き戸を開けて店内に向けて何か呼びかけて歩きだす。

話しかけたい。これ以上悲しみを募らせていく片桐を見ていられない。

しかし、そんなことをすればすべてが水の泡だ。

妻の復讐をやめるよう諭したとしても、片桐はそんなことは考えていないとシラを切るにちがいない。自分の企みに気づいていると警戒され、荒木の前から姿を消してしまうだけだ。そして荒木に気づかれないように自分の思いを遂げるにちがいない。

店から絢子が出てきて片桐の後を追う。菊池が店の中に入ると、荒木はビルから出て距離を取りながらふたりの後に続いた。

片桐はあたりを見回しながら歩いている。ふたりが立ち止まり、荒木は近くの電柱の陰に身を隠した。

片桐は絢子から携帯を受け取ると、こちらに背を向けて電話をかけた。電話を終えたようで絢子に携帯を返す。すぐに絢子に背を向け、ひとりで歩いていく。

絢子はしばらく片桐のほうを見ていたが、やがてこちらのほうに歩いてきた。電柱の陰に隠れている荒木には気づかず絢子はそのまま通り過ぎていった。

片桐の後を追っていくと、近くの立ち飲み屋に入っていくのが見えた。


一時間経っても片桐は店から出てこない。

荒木は少し離れた場所から店先を見つめながら、先ほどの片桐と菊池のやり取りを思い出した。

突然叫んだ後、離れた場所からでもわかるほど片桐の顔は悲しそうに歪んでいた。

片桐にとってあの店は単なる馴染み(なじ)の店というだけではないのではないか。

刑務所と河川敷の小屋しか留(とど)まる場所のない男にとって、妻と子供との思い出が残る唯一の安息の地なのかもしれない。

菊池の表情も、苦しげに歪んでいた。

片桐が『菊屋』で傷害事件を起こしたのは三十二年も前だ。片桐は出所するたびにあの店に行き、あんな風貌(ふうぼう)で再犯を繰り返す彼を菊池は今まで拒絶することなく客として迎え入れている。

ふたりは店主と客という以上に何らかの絆(きずな)で結ばれた関係だったのかもしれない。

もしかしたら菊池であれば、片桐の復讐を思い留まらせることができるのではないか。

襲う直前に止めるしかないと考えてはいたが、犯行自体を止められるのであればそれが一番だ。

荒木はその望みにすがるために歩きだした。『菊屋』が見えてくると、菊池が店の外にいて暖簾を外していた。

「大将——」

近づいて声をかけると、菊池がこちらを向いた。

店を閉めようとしていたみたいだが、菊池が中に招き入れてくれる。店内には客も茂もいない。都合がいいと思いながらカウンターの一番端の席に座り、八海山を冷やで頼んだ。菊池にも勧める。

菊池はカウンターの中に入ると、ふたつのグラスに日本酒を注いだ。軽くグラスを合わせると、菊池が一気に半分ほど飲んだ。グラスを見つめながら溜め息を漏らす。

「何だか元気がないですね」

荒木が声をかけると、菊池がこちらに視線を向けた。

「友人を失くしてしまったばかりなので」菊池が呟くように言う。

「もしかして、先ほどの人?」

少しの間の後、菊池が頷いた。

「……あいつがいろいろと噂に上る片桐です」

「ここの常連客から話は聞いていたからそうだろうと思っていました」

「今はあんな風貌をして悪いことばかりしていますが、昔は別人のようにいいやつでした。妻と子供がいて、夫婦でラーメン店を開くのが夢で、寝る間も惜しんで働いていました。わたしのせいであんなふうになってしまったのかもしれない」

「ここで奥さんにからんだやくざ者を刺してしまったから？」

以前ここで耳にした話をすると、菊池が頷いた。

「そのときわたしは店を空けていました。わたしがいれば片桐がそんなことをしなくて済んだんです。そのせいで妻に離婚され、子供とも会えなくなってしまった。それでやけになって悪いほうに走ってしまったんでしょう」

菊池も美津代もずっと苦しんでいたにちがいない。

片桐が罪を犯し続けるのはそれが理由ではないと言ってやるべきか迷った。

いや、まだすべてを話すわけにはいかない。それを話すとしたら片桐に復讐を思い留まらせてからだ。

「わたしも美津代も何とかやり直してもらおうと片桐に働きかけてきました。だけど、もう無理だと……さっき荒木さんが帰った後に店で暴れたので、もう来ないでくれと追い返しました」

「しかたないんじゃないですか。大将だって生活があるんですから」

菊池の本心を推し測りたくて、とりあえずそう言った。

「そうかもしれませんが……三十五年付き合いのある友人を見放したんです。かつては弟のように思っていた男を。それが……」菊池がそこまで言って押し黙った。

「それで、大将はどうしたいんですか？」

荒木は訊いたが、菊池は黙ったままだ。急かすことはせずじっと見つめていると、菊池がようやく口を開いた。

「受け入れられないのは見た目じゃなく、生きかたなんです」

「生きかたが変われば受け入れたい？」荒木は訊いた。

「でしょうね……」

もし梶原を殺せば、片桐は塀の中で人生を終えることになる可能性が高いだろう。

彼の人生を変えられるとしたら、やはり菊池しかいないのではないか。

片桐にとって菊池が大切な存在なのは、彼が店を訪れていることからもよくわかる。菊池にとっても片桐は特別なのだ。その意味でも、片桐は孤独ではない。

「きっと変えることができるんじゃないでしょうか」

荒木が言うと、菊池が「そうですかね」と少し首を振った。

「わたしの友人にもどうしようもないやつがいました。女遊びとギャンブルにはまって多額の借金を抱えたことから警察の厄介になったんです。それで妻と子供に見放されると寂しさから酒に溺れ、働くこともせず、ふたたび罪を犯して刑務所に行きました。でも、今は一応まっとうに生活しています」

自分のことを話しながら、何とか片桐が復讐を思いとどまる方法を探る。

「荒木さんのおかげでその友人は変われたんでしょうか」

「どうでしょうか。ただ、自分のことを見放さないでくれる人がいるかぎり、変われる可能性はあると思います」

今度はぼくがずっとお父さんのことを見てるから——。

自分はあの言葉によって変われたのだ。いや、椋介に対して変われたと言い切れるほどの自信はまだ持てないが、少なくとも変わろうと願った。

荒木はグラスの酒を飲み干して金を払うと、鞄から メモ帳とペンを取った。自分の携帯番号を書いてちぎると釣りの代わりに渡す。

「ご連絡をいただければ友人に話してみます」荒木はそう言うと立ち上がった。

今、自分が働いている会社であれば片桐を受け入れてくれるかもしれない。片桐が働いてくれるなら同僚としてできるかぎりのサポートをするつもりだ。

『菊屋』を出て先ほどの立ち飲み屋に向かっていると、片桐がこちらに向かって歩いてくるのが見えた。

片桐とすれ違い、少し行ったところで足を止めた。振り返ると、片桐が『菊屋』の前で立ち尽くしている。やがて引き戸を叩き、菊池が顔を出した。

店に入っていく片桐を見つめながら、荒木はそれからのふたりの会話を想像した。

コンビニから出た片桐はそのまま河川敷に戻っていく。

荒木は草むらの中に入っていく片桐を確認すると車に戻った。時計に目を向けると正午を過ぎている。どうりで腹が減っているはずだ。

助手席に置いた鞄からサンドイッチを取り出すと、草むらのほうに目を向けながら食べた。

昨晩、あれからふたりはどんな話をしていたのだろうか。

『菊屋』に入ってから三十分ほどで片桐が出てきた。遠くから見ていたので、片桐がどのような表情をしているのかわからなかった。

菊池はきっと片桐が再犯しないよう説得したはずだ。それがどんな言葉だったのかは知らないが、片桐の心に届いていることを願っている。

草むらから出てくる片桐を見て、サンドイッチを口に持っていこうとしていた手を止めた。

荒木は食べかけのサンドイッチを口の中に放り込んで車を降りた。河川敷から道路に出た片桐の後をついて歩いていく。

片桐は赤羽駅から上野（うえの）東京ラインに直通している宇都宮線に乗った。荒木は隣の車両から片桐の様子を窺（うかが）う。

どこに行くのだろう。宇都宮線に乗ったということは新大久保ではないはずだ。

片桐は東京駅で電車を降りた。人の波に紛れながらついていく。東海道新幹線の改札の前で片桐が立ち止まった。

離れた場所からしばらく様子を窺っていると、背広姿の男性が近づいて片桐に話しかける。

いったい何者だろう。

背広姿の男性が片桐から離れ、新幹線の券売機に向かった。荒木はそちらのほうに向かい、男性の後ろに並んだ。

男性は浜松までの往復切符をふたり分買い、片桐のもとに戻った。荒木も浜松行きの切符を買うと、ふたりの少し後から新幹線の改札をくぐった。

浜松駅を出たふたりは駅近くにあるデパートの駐車場に入っていった。

駐車場の外からふたりを見ていると、近くに停めた白い車から女性が出てきた。三十歳前後に思える女性がふたりの前に立ち、しばらく向かい合っている。やがて背広の男性がその場を離れ、片桐と女性が車に乗り込んだ。

これからどこかに行くようだ。

荒木は慌ててタクシーを探した。やってきたタクシーに手を上げて乗り込む。

「どちらまで？」運転手が訊いてきた。

先ほど片桐が乗り込んだ車はまだ駐車場から出てこない。

「少しここで待っていてもらえますか」

荒木が言うと、運転手が怪訝(けげん)そうな顔で首をひねった。

駐車場から片桐が乗った白い車が出てきた。

「すみませんが、あの車の後をついていってください」

さらに運転手の顔に訝しさが増したが、しかたなさそうに頷くと車を出した。

片桐を乗せた車は二十分ほど行ったところにあった霊園の駐車場に入っていった。荒木は駐車場には入らず、入り口から少し離れた場所にタクシーを停めてもらった。

「ここで待っていてもらえませんか」

一万円札を渡しながら頼むと、運転手が頷いた。

駐車場から女性が出てきて近くの花屋に向かった。続いて片桐も出てくる。女性が花を持って片桐のもとに戻ると、ふたりで霊園の中に入っていく。

荒木はタクシーから降りて霊園に向かった。中に入ると人の姿はほとんどない。まわりは木々に囲まれ薄暗いので、自分の姿は目立たないだろう。

ふたりの姿を見つけ、気づかれないように近づいていく。

「お母さんはどうして覚醒剤なんかに手を出してしまったの？　あなたが無理やりそうさせたの？」

女性の声が聞こえ、荒木はそばにある木の陰に隠れた。ふたりのほうを注目する。

お母さんと呼んだということは、あの女性は片桐の娘のひかりなのか。

「お母さんの前で正直に言いなさいよ！」

ふたりの前にある墓に目を向け、気持ちが沈み込んでいく。

陽子は亡くなったのか。

「ひとつだけ言えるとしたら、すべておれのせいだってことさ」片桐が言った。

荒木にはふたりの会話をただ聞いていることしかできなかった。

「もうここには来ないで。わたしやお父さんの前にも二度と現れないで」

「ああ。おまえも早くおれのことなんか忘れるんだな」

その言葉に荒木は反応した。

早くおれのことなんか忘れるんだな――。

片桐は梶原への復讐をあきらめていないと感じさせた。

刑務所に入る前に、おそらく人生で最後になる、陽子の墓参りに来たのだろう。

片桐がひかりから背を向けて歩きだす。

「あなたのせいでお母さんの人生は惨めなものになった！」

その叫び声に、片桐が立ち止まってひかりのほうを見た。

「だけどあなたよりはきっとマシ。お母さんはわたしを愛してくれた。だからこうやってここで穏やかに眠っている。おじいちゃんやおばあちゃんや、いずれはお父さんとともに……。わたしもそうする。あなたのように子供を捨てることなんかしない。人を傷つけたり、悲しませたりはしない」

片桐の表情はここからではは っきりわからない。だが、自分の娘からそんなことを言われて悲しいに決まっている。

自分も娘と同じように生きたいと、片桐に言ってほしい。

人を傷つけることも、悲しませることもせず、陽子と同じように娘のことを愛していると。

ふたりを見つめながらそう願ったが、片桐は小さく頷くとひかりに背を向けて歩きだした。こちらに近づいてくる。

「あなたはわたしたちとちがう。それがあなたのしてきたことの報いよ。獣と一緒よ。檻の中で死んで、死んだ後もひとりぼっちでさまようの。それがあなたのしてきたことの報いよ」

ひかりの叫びが響いた瞬間、片桐の肩が大きく震え、唇を噛み締めたように見えた。

その表情から何かの決意を垣間見たような気がしたが、それがどういうものかわからないまま片桐の姿が薄闇の中に消えていく。

「まもなく品川です――」

新幹線のアナウンスが聞こえ、荒木は席を立った。片桐たちはひとつ前の車両に乗っているので、後方のデッキに向かう。

往復切符を買っていたとしても、必ずしも片桐たちが東京駅で降りるとはかぎらない。

品川駅に着いてドアが開くと、荒木は少し顔を出してホームの様子を窺った。片桐がホームに降り立ち歩いていくのが見えた。背広姿の男性は一緒ではない。

荒木も新幹線から降りると人波に紛れながら片桐の後を追った。

片桐は山手線に乗り、新大久保駅で降りた。まっすぐホテル街のほうに向かっていく。荒木は立ち止まった。片桐が絢子と立ち話をしている。片桐は絢子から携帯を受け取ると物陰に消えた。

何をしているのだろうと思っていると片桐が出てきて絢子に携帯を返した。こちらのほうに向かって歩いてくる。

荒木はとっさにそばにいた女性に近づき、「いくら?」と訊いた。「休憩なら一万、朝までなら二万」と女性が答える。

荒木たちの横を通り過ぎるときに、片桐がちらっとこちらに顔を向けた。一瞬目が合ったが、片桐はこちらに関心がないといったようにそのまま歩いていく。

「ごめんなさい。やっぱりいいです」

荒木は女性に告げると、片桐が行ったほうに向かって歩きだした。

あなたがやろうとしていることはわかっている。あなたの無念も理解している。だけどそんなことはやめるんだ。大切な友人や娘のためにも。

このまま片桐のもとに駆け寄って行き、そう言ってやりたい。

今まで何度もそんな衝動に駆られた。言葉を尽くして説得したい。

だが、荒木には椋介の言葉が支えになったが、妻を失った片桐にはそんなものはない。娘の言葉にすら心を動かされた様子は見られなかった。

赤の他人でしかない荒木が何を言ったところでどうにもならないだろう。

からだを張って止めるしかない。

片桐が公園に入っていく。荒木も気づかれないように公園に入った。薄闇の中で公衆トイレが目に留まり、その裏側に身をひそめる。

片桐がベンチに座った。公園の入り口のほうに顔を向けている。

すぐ後ろから見ているが、片桐はこちらのほうをまったく気にする様子はない。

荒木は鞄を開けてスタンガンを手に取った。この距離なら、片桐が襲い掛かろうとする瞬間に後ろから取り押さえられる。

片桐がベンチから立ち上がった。公園の入り口に目を向けるとダウンコートを着た男が入ってくる。

すぐに梶原だとわかった。

梶原はまっすぐベンチのほうに向かっていき、片桐から五メートルほどまで来たところで立ち止まった。

「おまえが木村か」

梶原が言うと、片桐が頷いた。

偽名を使っているようだ。

「金は持ってきたのか」

「ここにある」片桐がジャケットのポケットを右手で叩いた。

「そうか。そいつはありがてえ」

「ブツは」

「ここだよ」梶原がコートのポケットに右手を入れた。

「じゃあ、交換といこう」

片桐がジャケットのポケットに手を突っ込み、足を踏みだした。

「それにしてもしばらく見ねえ間にずいぶんとけったいななりになっちまったもんだな。片桐よお」

梶原の言葉に、片桐が足を止める。

「今さらおれに復讐しようっていうのか。何十年前の話だよ」

あざ笑うような梶原の声が聞こえた。

「おれの中ではいつまで経っても過去じゃない」

「そうかい。どうしておれがやったと思った」

「おまえの仲間は口が軽いやつばかりらしいな。しばらく地元のガラの悪い連中と付き合ったら、おまえがそんなことをほざいてたと噂が流れてきた。どうして……どうしておれじゃなく陽子を……」

片桐の声が怒りに震えている。

「おまえに報復するだけじゃつまらねえ。それに最初に店で見かけたとき、おまえと女房はガキを囲んでずいぶんと浮かれてたな。見てるこっちがうっとうしくなるぐらいよ。そういうのを見るとぶっ壊したくなるんだ。だけどおれに抱かれてたときの女房はおまえとガキと一緒にいたときよりもよっぽど幸せそうだったぜ。大切なガキをほっぽり出して、クスリでぶっとんでひぃひぃよがりながら……」

片桐が憤然として梶原に向かって突進していく。同時に荒木は片桐に向かって飛びだした。

「やめろ!」

片桐に向かってスタンガンを握った手を伸ばした瞬間、破裂音が響いた。

荒木は驚いてその場にしゃがみ込んだ。顔を上げると、地面に膝をついた片桐の肩越しに拳銃を握った梶原が見えた。

「何だ、てめえ!」

梶原が驚いたように言って荒木のほうに拳銃を向ける。次の瞬間、片桐が銃口に向けて左手を突きだした。破裂音とともに義手が砕けて荒木の顔に降りかかる。梶原の顔にも義手のかけらが飛び散ったようで、一瞬怯んだように後ずさった。

その隙に片桐がポケットに入れていた右手を出して拳銃を握った手をつかんだ。荒木は立ち上がると梶原の顔にめがけてスタンガンを突きつけた。

破裂音が響くのと同時に、梶原の首もとにスタンガンの閃光が走り、弾かれたように仰向けに倒れた。

片桐も拳銃を握り締めながら梶原の横に倒れる。

荒木はその場にしゃがみ込み、ふたりの手から拳銃を離させた。うめく梶原の両手を後ろ手にして結束バンドで縛り上げ、片桐に目を向けた。胸のあたりに被弾したようで血があふれ出し、からだを痙攣させている。

「大丈夫か！　しっかりしろ！」

じっとこちらに視線を据えている片桐に呼びかけた。

「ひ……ひさしぶりだな……」片桐が血を吐きながら口を開く。

覚えていたのか。

「しゃべるな。すぐに救急車を呼ぶ」荒木はポケットから携帯を取り出した。

「い、や……この……すう、数日……ご苦労な……こったな……」

その声に、荒木は片桐に目を向けた。

自分の存在に気づいていたというのか。

「どうして。おれがつけていたことを知っていたのか？」

片桐がかすかに頷く。

「あんた……には……も、目撃者に……なって……もらわなきゃ……だからな……」

どういうことだ。

「子供には……あ、会えたのか……」

こちらを見つめながら途切れ途切れに言葉を絞り出す片桐に、あのときの椋介の記憶を重ね合わせた。

「ああ。亡くなってしまったけど。あんたのおかげで死ぬ前に会うことができたよ。ありがとう……」

そう言いながら涙がこみ上げてくる。

「い……いつか……会える……おれと、彼女のよう……に……」

片桐が苦しそうに倒れている梶原のほうに目を向けた。ふたたびゆっくりと荒木のほうに視線を合わせる。

「お、おりの外では……死なせない……お、おれたちの……ようには……させない……」

その言葉の意味がわからず片桐の目を見つめた。だがすぐにあることに思い至り、片桐のジャケットのポケットを漁った。入っていたのは煙草と『菊屋』のマッチ、そして一枚の写真だけだ。

ナイフや凶器の類は何もない。

ちらっと見ただけで『菊屋』のカウンターで撮った片桐と陽子とひかりの家族写真だとわかった。

自分や陽子のように刑務所の外では死なせない――。

それが片桐の選んだ梶原への復讐だったのか。

片桐は初めから自分を殺させるつもりだったのか。そのために梶原を捜し続けていたのだろうか。

いや……と、荒木は先ほどの光景を思い出した。

あなたはわたしたちとちがう。獣と一緒よ。檻の中で死んで、死んだ後もひとりぼっちでさまようの――。

もしかしたら娘の悲痛な叫びが、彼の心を変えたのかもしれない。

片桐がジャケットの上で右手をさまよわせている。

「これが見たいのか」

かすかに頷いたのを見て、荒木は写真を片桐の眼前にかざした。

片桐は写真を見ると微笑むように口もとを歪める。そして目から光が失せた。

荒木は深い息を吐き、片桐の目もとに手を添えて瞼を閉じさせた。

片桐の顔は笑っているように見える。

ようやく陽子に会えたようだ。

荒木はそう確信しながら、携帯のボタンを押した。

エピローグ

受付のほうを見つめていると、説明が終わったようで父がこちらに向かって歩いてきた。

ひかりは「どうだった」と目で問いかけた。

「一応承諾してくれたよ。ここで待っていてくださいって」

父はそう言うと、暗い表情でひかりの隣に座った。

重苦しい沈黙が流れる。

「やっぱり……」

呟き(つぶや)が聞こえ、ひかりは父に目を向けた。

「おまえはやめておきなさい。お父さんが確認するから」

ひかりは首を横に振った。

ここに来たいと言ったのはひかりのほうだ。

今朝、父と朝食をとっていると、テレビから覚えのある名前が聞こえてきた。

昨夜、東京の大久保で発砲事件がありひとりが亡くなったというニュースだったが、被害者とみられるのが片桐達夫という五十九歳の男性だという。

自分にはもう関係のない人間だ。それにきっと同い年の同姓同名の人物だろう。

そう思おうとしたが、心のざわつきは収まらなかった。

どうしてこんなに心がざわつくのかわからない。昨日会ったばかりだからだろうか。

いや、そうではない。

昨日の片桐との会話の中で感じたわずかな引っ掛かりが、そのニュースを見たことで大きくなっていったのだ。

ひかりと会ったら鈍ってしまう片桐の決心とはいったい何だったのか。

母の墓前に向けていた温かい眼差し(まなざし)と、それとは正反対に自分を突き放すような冷たい眼差しや言動。

片桐は父が言うように本当にろくでもない男なのだろうか。

家に帰るとあらためてそんなことを思った。

被害に遭ったのが自分たちの知っている片桐なのか警察に行って確認したいと言うと、父は止めた。それでも行きたいと譲らないひかりに、父が付き添うことになった。

背広を着た男性がこちらに向かってやってくるのが見え、父とともに立ち上がった。

「片桐達夫さんのご親族のかたでしょうか」男性が訊(き)いた。

「確認してみないとわかりませんが、この子の実の父親が同い年で同姓同名なんです」

父が言うと、「こちらにお越しください」と男性が促した。男性について地下への階段を下りていく。『遺体安置所』と札の掛かった部屋の前で男性が立ち止まり、ドアを開けた。

父とともに部屋に入ると、中央に置かれている台に目を向けた。台の上に誰かが寝かされている。からだと顔は布で覆われていた。

「それではお願いいたします」男性がそう言って顔の布を外した。

片桐がそこにいた。刺青（いれずみ）で覆われた顔はどこか微笑んでいるようだった。

その顔を見つめていると、隣からすすり泣きが聞こえた。目を向けると父が涙を拭（ぬぐ）っている。

「どんなやつであったとしても……知ってる人間の死を見るのはつらいな。どうしてこんな生きかたしかできなかったんだろう」

報道によれば片桐を殺した梶原という男は元暴力団員だったそうだ。

片桐はそんな男からいったいどんな恨みを買ったのか。昨日ひかりと別れた後、片桐の身にいったい何があったのか。いくら考えてもわからない。

ひとつだけ確かなことは、塀の中ではなかったが、自分の父親だった男が死んでしまったということだ。

自分が想像したように、片桐は今もひとりぼっちであの世をさまよっているのだろうか――。

男性に促され、ひかりと父は部屋を出た。

心の中にぽっかりと穴が空いたようだった。その中に何かを埋めたいと思っても、どんな感情も入り込んでこない。

「手洗いに行ってくる。受付で待っててくれ」

父に言われ、ひとりで受付に向かった。

「あの……」

男性の声に呼び止められ、ひかりは立ち止まった。

振り返ると、五十代ぐらいに思える男性が立っていた。何があったのかわからないが憔悴した表情でうなだれている。

「松田ひかりさんですか？」

男性に訊かれ、怪訝に思いながらも頷いた。

「わたしは荒木といいます。昨晩、片桐さんの最期を看取った者です」

その言葉に、ひかりは前のめりになった。

どうして片桐がこんなことになってしまったのかを訊く前に、男性がひかりの手をつかみ何かを握らせる。

「これをお渡ししようと思って」

目を向けると写真だった。

所々に血痕のようなものがついていたが、写真には三人の人物が写っている。その中のひとりは若い頃の母だとすぐにわかった。その隣に赤ん坊を抱きながら座り、こちらに笑顔を向けている男性がいる。

片桐だろうか。そうだとすれば彼の膝に乗っているのは幼い頃の自分なのか。

「片桐さんが亡くなる寸前まで見ていた写真です。あなたが持っているべきだと思いまして」そう言いながら男性が無理やり写真を握らせ、立ち去ろうとした。

「あの――」

ひかりが呼び止めると、男性が立ち止まり、こちらを向いた。

「あの人はどうして……どうしてこんなことになってしまったんですか。どうして殺されなきゃいけなかったんですか」

男性はすぐに言葉を発しない。沈黙のまま見つめ合った。

「片桐さんは……自分の人生をかけて陽子さんへの愛を貫いたんです」

どういうことなのかわからない。

「ごめんなさい……今はまだうまく話せる自信がありません。でも、いつか必ずお話ししますから」

男性がひかりに近づいてくる。ポケットからふたたび何かを取り出してひかりに握らせた。

どこかの店のマッチだ。『菊屋』と店名が書かれている。

「いつか……いつかここに来てください。片桐さんと陽子さんの大切な思い出が詰まった場所です。そこで……わたしの話を聞いてください」

解説

朝宮運河（ライター）

本書『ラストナイト』は、薬丸岳が二〇一六年に発表した作品の文庫版である。同作は「月刊ジェイ・ノベル」に連載された後（連載時のタイトルは「檻から出た蟬」）、実業之日本社より単行本として発売された。

二〇一六年といえば、デビュー以来十年を超すキャリアの総決算ともいえる『Aではない君と』が第三七回吉川英治文学新人賞を受賞し、社会派ミステリー作家・薬丸岳があらためて脚光を浴びた転機の年であった。その翌年には短編小説「黄昏」が第七〇回日本推理作家協会賞（短編部門）を受賞。ベストセラー作家としてのポジションを、いよいよ確かなものにして今日にいたっている。最近では生田斗真と瑛太が主演した『友罪』をはじめとして、映画化・ドラマ化が相次いでいるのも嬉しい傾向だ。

そうしたブレイクと相前後して発表された『ラストナイト』は、上昇気流にある作家ならではの意欲とテクニックがたっぷり注ぎこまれた充実の一冊だ。心揺さぶる人間ドラマとサプライズに富んだ展開が融合した、現代ミステリーの逸品である。

東京の赤羽、常連客で賑わう菊屋という居酒屋に、ひとりの異様な男がやってくる。彼の名は片桐達夫。顔一面が「豹柄模様の刺青」で覆われた、見る者を怯ませるような外見の持ち主だ。刑務所を出てきたばかりだという片桐は、常連客に白い目で見られているのも構わず、懐かしい店のカウンターに着く――。

幾度となく罪を犯し、五九年の生涯の半分以上を刑務所で過ごしている片桐は、普通の感覚ではちょっと近寄りがたい相手だろう。しかし二〇代までの片桐は、ラーメン店の経営者になることを夢見る、働き者で気のいい青年だった。その彼がなぜ憑かれたように犯罪を繰り返すのか。物語は孤独な獣のような片桐の人生を、五つのパートからなる連作形式で浮き彫りにしてゆく。

第一章の主人公は菊屋の店主、菊池正弘だ。菊池にとって片桐は、家族ぐるみのつき合いをしてきた三五年来の旧友。たとえ刑務所帰りであっても、昔どおりに接したいという思いがあるが、現実はそれを許さない。近い将来店を任せるつもりでいる娘に、「お父さんがあの人ときちんと訣別してくれなきゃ、わたしたちはお店を継げない」と迫られてしまうのだ。

かつての親友同士が年齢を重ねるにつれ、ライフスタイルの違いから疎遠になってしまうのは現実にもよくある話だが、菊池と片桐の関係はもうすこし複雑である。片桐が最初に起こした事件は、菊屋に因縁をつけにきたやくざから、菊池の妻をかばおうとしたのが原因だったからだ。その事件がもとで、片桐は愛する妻子と別れることになった。

希望にあふれていた二〇代の日々を回想し、菊池は悲しみを覚える。

刺青で顔を覆い隠し、罪を犯し続ける片桐は、いわば現代社会の異物である。彼と関わりを持つことになった人びとの胸中には、恐れや怒り、反発や同情などさまざまな感情が呼び覚まされる。その多彩な心模様が、本書のひとつの読みどころといっていい。この第一章では、菊池が友情の終わりを予感するシーンがあまりにも切ない。

続く第二章では、五年前に片桐の事件を担当した弁護士・中村尚(なかむらひさし)が、第三章では静岡県浜松(はままつ)で暮らす片桐の娘・松田(まつだ)ひかりが、それぞれ語り手を務めている。

中村は出所直後訪ねてきた片桐の様子に不審なものを感じ、また罪を犯そうと考えているのではないかと疑う。これまで弁護士として多くの犯罪者と接してきた中村には、片桐の更生を信じたいある切実な理由があった。強い思いに駆られて、中村は片桐と別れた妻子が暮らしているという浜松に向かう。

一方のひかりは、母と死別し、呉服屋を営む伯父(おじ)夫婦のもとで養子として暮らしている。彼女にとって罪を犯し、母を不幸に追いやった片桐は、憎しみの対象でしかない。そして片桐の子であることが、彼女に結婚や出産を思いとどまらせる。そんなある日、彼女のもとに中村が現れ、父と会うことを勧めてくる。ひかりの心は揺れ動く。

と、あらすじを紹介しながら、あらためて「ああ、薬丸岳らしい小説だな」と感じてしまった。薬丸岳らしいとはどういうことか。ここで簡単に著者のプロフィールをふり返っておくと、一九六九年生まれの著者が『天使のナイフ』で第五一回江戸川乱歩賞を受賞してデビューしたのが〇五年。同作は少年犯罪によって妻を殺された男が、犯人グループへの復讐感情に苛まれながらも、新たに起こった事件の真相を追う、というスリリングな長編だった。個人的な思い出だが、発表当時、何の予備知識もなく同作を手に取って、難しいテーマをエンターテインメントに昇華させる手腕に驚嘆したことがある。

しばしば著者がインタビューで語っているように、『天使のナイフ』創作のモチベーションとなったのは、一九八〇年代に発生した現実の少年犯罪（女子高生コンクリート詰め殺人事件）だった。自分と年の近い少年たちが、残虐な犯行に手を染めたことへの驚きと怒りが、後年優れた創作へと結実したのだ。以来、心神喪失者による殺人を扱った『虚夢』、少年刑務所の元法務技官という変わり種の刑事を主人公にした「刑事・夏目」シリーズ、教育現場の闇に迫った『ガーディアン』など、法制度や少年犯罪への鋭い視点を含んだミステリーを相次いで刊行。読者を獲得してきた。

それらと密接な関係をもつのが、〝償いと赦し〟というより普遍的な感情をテーマにした作品群である。家族を殺された過去をもつ探偵が、犯罪加害者を追跡調査してゆく連作ミステリー『悪党』や、世間を震撼させた連続殺傷事件の犯人のその後を扱った『友罪』などが代表的なものだろうか。著者の転機となった先述の『Aではない君と』も、同級生を刺殺して逮捕された息子とともに苦悩する父親の姿を通し、償うことと赦すことの重みを描いている。わが国にミステリー作家は数多いが、薬丸岳ほど〝事件が起こった後〟のドラマにこだわり続けている作家もそう見当たらない。

そして本書もそうした流れを汲むものだ。顔中を恐ろしげな刺青で覆い、誘拐や強盗などの罪に手を染めてきた片桐。もしそんな男が目の前に現れたら、あなたはすんなり受け入れることができるだろうか？　第一章には片桐の生き方を受け入れられない菊池に対し、ある人物が「生きかたが変われば受け入れたい？」と問いかける印象的なシーンがある。犯してしまった罪は消えない。しかし未来は変えられるかもしれない。本書は現実の厳しさを突きつけるとともに、その先にあるかすかな希望を懸命に探ろうとしている。

デビュー作『天使のナイフ』の文庫解説において、乱歩賞デビューの先輩作家である高野和明がこう述べている。

このような現実の社会が抱える難問に対し、作者は怯むことなく真正面から立ち向かっていく。結論を急がず、説教に逃げることもせず、賛否両論を丁寧にすくい上げながら、一歩一歩橋頭堡を築いていくかのような筆致には迫力さえ感じられる。終章で語られる「本当の更生」については、主人公とともに苦悩した者でなければ到達できない真実が含まれているように思う。（講談社文庫版『天使のナイフ』解説より）

これは『天使のナイフ』に限らず、すべての薬丸作品にあてはまる至言だろう。中村が菊池に「それじゃ困るんですよ！」と感情をぶつけるシーン。ひかりが思いの丈を吐き出すシーン。四章や五章の語り手に訪れる、人生の貴重な一瞬――。おそらくこれらのシーンは、著者が主人公の目線まで下りてゆき、ともに葛藤するところから生まれたものだ。本書で描かれる人間ドラマがあくまで力強く、緊張感をもって伝わってくるのは、著者自身にも答えの出ない問いを、真摯に突きつめているからに違いない。このような作家が同時代に存在してくれていることは、一読者としてとても嬉しい。

そしてもうひとつ、本書の長所としてあげておきたいのが構成の巧みさである。作中で描かれているのは、片桐が出所してから一連の出来事に決着がつくまでの五日間。その間に起こった出来事を、著者は五つの章をリンクさせることで提示する。同一のシーンが別々の視点から複数回描かれる、というテクニックは映像ではお馴染みのもので、映画好きで知られる著者のセンスがうかがえよう。こうした卓越したエンタメ性も「薬丸岳らしさ」のひとつなのだ。

濃密な人間ドラマに思えた物語が、四章以降ややテイストを変え、ミステリーとしての顔を露わにしてゆく展開も素晴らしい。四章の主人公である森口絢子、五章の主人公の荒木誠二が、それぞれ片桐の人生にどう関わっているのかも注目してほしいポイントである。

そしてついに訪れる五日目の夜（＝ラストナイト）。片桐の人生に隠された真実が明かされるクライマックスには、思わず息を吞んだ。ネタばらしになるので詳しくは語れないが、これは紛れもなく〝償い〟の物語である。罪を犯し続ける片桐が、切ないほどに求めたものは何だったのか。ぜひご自分の目で確かめてみていただきたい。

冒頭でこのところ薬丸作品の映画化・ドラマ化が相次いでいると書いた。具体的には一八年に『友罪』が『64　ロクヨン』の瀬々敬久監督によって映画化されたほか、『Aではない君と』が佐藤浩市主演でドラマ化されている。今年（一九年）に入ってからも、すでに『悪党』（東出昌大主演）、『死命』（吉田鋼太郎主演）の二作がドラマになった。人間ドラマとエンターテインメント性、社会性が三位一体となった薬丸ミステリーは、映像作品の原作にぴったり。鉱脈が潜んでいることに、映像関係者が気づきはじめたのだろう。

今のところ『ラストナイト』は映像化されていないが、複数のエピソードが絡み合う構成は、映画にもドラマにも適している。もしも映像化されるとしたら、孤独を漂わせ、まなざしに陰りを帯びた片桐を演じるのは、誰がいいだろうか。そんなことを想像しながら読むのも楽しい。

作家として大きな飛躍を果たした薬丸岳が、今後どんな作品を書いてくれるのか。期待して見守りたいと思う。

本書は、二〇一六年七月に実業之日本社より刊行された単行本を加筆修正のうえ、文庫化したものです。

ラストナイト

薬丸 岳

令和元年 8月25日 初版発行

発行者●郡司 聡

発行●株式会社KADOKAWA
〒102-8177 東京都千代田区富士見2-13-3
電話 0570-002-301(ナビダイヤル)

角川文庫 21756

印刷所●旭印刷株式会社
製本所●株式会社ビルディング・ブックセンター

表紙画●和田三造

●お問い合わせ
https://www.kadokawa.co.jp/ (「お問い合わせ」へお進みください)
※内容によっては、お答えできない場合があります。
※サポートは日本国内のみとさせていただきます。
※Japanese text only

ISBN 978-4-04-108289-8 C0193

◇◇◇

角川文庫発刊に際して

角川源義

第二次世界大戦の敗北は、軍事力の敗北であった以上に、私たちの若い文化力の敗退であった。私たちの文化が戦争に対して如何に無力であり、単なるあだ花に過ぎなかったかを、私たちは身を以て体験し痛感した。西洋近代文化の摂取にとって、明治以後八十年の歳月は決して短かすぎたとは言えない。にもかかわらず、近代文化の伝統を確立し、自由な批判と柔軟な良識に富む文化層として自らを形成することに私たちは失敗して来た。そしてこれは、各層への文化の普及滲透を任務とする出版人の責任でもあった。

一九四五年以来、私たちは再び振出しに戻り、第一歩から踏み出すことを余儀なくされた。これは大きな不幸ではあるが、反面、これまでの混沌・未熟・歪曲の中にあった我が国の文化に秩序と確たる基礎を齎らすためには絶好の機会でもある。角川書店は、このような祖国の文化的危機にあたり、微力をも顧みず再建の礎石たるべき抱負と決意とをもって出発したが、ここに創立以来の念願を果すべく角川文庫を発刊する。これまで刊行されたあらゆる全集叢書文庫類の長所と短所とを検討し、古今東西の不朽の典籍を、良心的編集のもとに、廉価に、そして書架にふさわしい美本として、多くのひとびとに提供しようとする。しかし私たちは徒らに百科全書的な知識のジレッタントを作ることを目的とせず、あくまで祖国の文化に秩序と再建への道を示し、この文庫を角川書店の栄ある事業として、今後永久に継続発展せしめ、学芸と教養との殿堂として大成せんことを期したい。多くの読書子の愛情ある忠言と支持とによって、この希望と抱負とを完遂せしめられんことを願う。

一九四九年五月三日

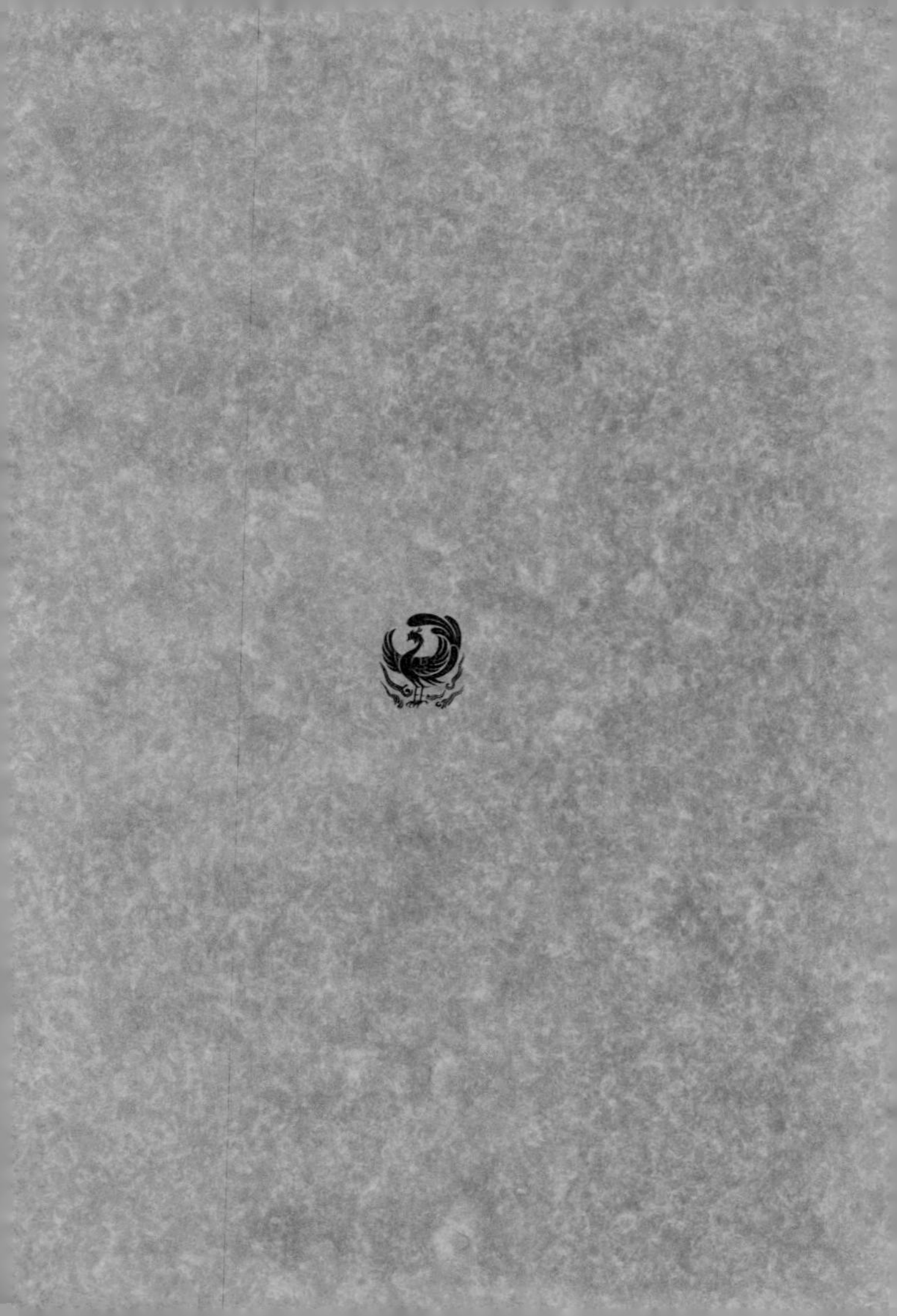